강서울 현대 판타지 소설

MODERN FANTASTIC STORY

탑스타의 재능서고

탑스타의 재능 서고 12

강서울 현대 판타지 소설

초판 1쇄 찍은 날 § 2022년 1월 19일
초판 1쇄 펴낸 날 § 2022년 1월 26일

지은이 § 강서울
펴낸이 § 서경석

총괄팀장 § 황창선
편집책임 § 박현성
디자인 § 공간42

펴낸곳 § 도서출판 청어람
등록번호 § 제387-1999-000006호
등록일자 § 1999. 5. 31
어람번호 § 제1-3172호

본사 § 경기도 부천시 부일로 483번길 40 서경B/D 3F (우) 14640
편집부 § 서울시 구로구 디지털로 272 한신IT타워 404호 (우) 08389
전화 § 02-6956-0531 팩스 § 02-6956-0532
http://www.chungeoram.com
E-mail § chungeorambook@daum.net

ISBN 979-11-04-92414-9 04810
ISBN 979-11-04-92327-2 (세트)

도서출판 청어람

[완결]

12

강서울 현대 판타지 소설

MODERN FANTASTIC STORY

탑스타의 재능 서고

탑스타의 재능서고

목차

제1장

[외전] 2년 후

창문 너머로 푸른 강물이 넘실거린다.

서울의 중심이 한눈에 들어오는 높이. 현관문에 들어서자마자 절로 감탄이 터져 나왔다.

그렇게도 높아 보였던 건물들이 지금은 저 아래에 있는 것 같다. 여기까지 올라오는 데 얼마나 오래 걸렸던가.

벅차오르는 심정을 붙들고 커튼을 열어젖혔다.

"…와."

빌보드 1위. 그래미 어워드 수상자. 케이팝의 중심.

탑보이즈를 일컫는 수많은 수식어들이 늘어났지만.

…유감스럽게도 변한 건 없었다.

"와아아악!"

"와, 미쳤는데?"

"예에에!"

봐라, 저 한결같음을.

상준은 왠지 부끄러워졌다.

하지만, 눈앞의 광경에 상준 역시 혀를 내두를 수밖에 없었다.

"멋지다."

탑보이즈의 새 숙소. 이전 숙소와는 비교도 안 되게 큰 규모에 한강 뷰까지. 새삼 이만큼 성장했다는 느낌이 체감되기 시작한다. 상준이 감격에 찬 눈으로 창밖을 내다보는 동안, 도영은 제가 쓸 방을 찾아 들어갔다.

호들갑은 덤이었다.

"이, 이거 봐봐. 막 소파가 움직여."

"제발 그러지 말자. 부끄럽다……."

유찬은 한숨을 내쉬며 손으로 얼굴을 막았다. 제현은 마냥 해맑게 크네, 크네 하며 중얼거릴 뿐.

"와, 여기서 엘리베이터 붙잡을 수 있어. 신기해! 신기해!"

"조명 원격조종 된다. 와, 나 때는 이런 거 없었는데."

도영과 제현이 세상 모든 것에 신기해하는 동안, 선우는 능숙하게 카메라를 설치하고 있었다.

탑보이즈의 집들이. 오늘은 그 기념으로 특별 게스트와 함께 유이앱을 촬영할 예정이었으니까.

그때였다.

띵동—.

아직 온기가 채 차지 않은 새 숙소의 초인종을 누르는 소리가 울려 퍼졌다. 상준은 환한 얼굴로 뛰쳐나갔다. 이 시간에 여기를 찾을 사람들이라고는 하나밖에 없다.

블랙빈.

"벌써 왔어?"

벌컥, 문을 열자마자 반가운 얼굴들이 우르르 쏟아졌다.

파카를 꽁꽁 싸맨 은수가 웃으며 말을 뱉었다.

"아, 아침 일찍부터 출발했다니깐."

"오, 빨리 왔네."

"와, 죽인다. 미쳤다, 숙소 장난 아니네."

시끌벅적한 소리로 현관문에 들어선 블랙빈. 상운이 해맑게 손을 흔들며 연신 감탄했다. 어째 제현이랑 같은 소리를 한다.

"와, 세상 좋아졌다."

어김없이 멍청해 보이는 이들이지만, 카메라가 켜지는 순간 정상으로 돌아온다. 탑보이즈와 블랙빈의 팬들.

이들과 함께 진행하는 유이앱이다.

"안녕하세요, DREAM THE TOP! 탑보이즈입니다!"

"블랙빈입니다!"

"와아아아!"

시작하기가 무섭게 팬들이 쏟아진다.

따로 예고하고 시작한 유이앱이 아님에도 그렇다.

—머임머임

—집들이 방송???? 와 애들 숙소야 여기?

—미쳤다 미쳤어 ㄷㄷㄷㄷㄷ

—합동 방송 겁나 오랜만이네!!!!!

"맞아요. 저희가 오늘 집들이를 하러 왔는데……."

상준은 카메라를 살포시 들어 숙소를 한번 쓰윽 보여주었다.

이전 리얼리티에서 예전 숙소를 봐왔던 팬들은 탑보이즈만큼이나 잔뜩 난리가 났다.

—내 새끼들 성공했어 ㅠㅠㅠㅠㅠ

—이것이 영앤리치톨앤핸썸인가

—이제 영하진 않잖아

"영하진 않다는데요?"

그걸 확인한 유찬이 곧바로 손을 들며 팩트를 날렸다. 상준은 싱긋 웃으며 눈짓을 보냈다.

"…조용히 해."

—ㅋㅋㅋㅋㅋㅋㅋ오늘도 싸우는 거임?

—에이 블랙빈도 있는데… 더 싸우겠구나?

—조금 있으면 은수랑 도영이랑 겁나 싸우는 거 볼 수 있을 듯

—상운이 누구보다 좋아하는 거 봐 ㅋㅋㅋㅋㅋ

상운은 이미 배를 잡고 고꾸라져 있었다.

저걸 동생이랍시고 데리고 있었다니.

쓰읍. 상준은 혀를 내두르며 다시 카메라를 내려놓았다.

팬들의 말마따나 오랜만의 합동 방송이다.

"게임 같은 거 시작할까?"

이렇게 가만히 앉아 있을 수는 없으니 뭐라도 보여줘야겠다.

정말 쉴 새 없이 시청자가 쏟아지고 있었기 때문이었다.

해외 팬들도 쉼 없이 들어오는 탓에 유이앱이 지난번처럼 다운되는 건 아닌가 싶을 정도로.

세계 스타 탑보이즈와 블랙빈의 조합이라니.

"우리 볼링할까?"

"볼링?"

소중한 시간을 내어 자리한 팬들을 위해서 재밌는 게임이라도 해볼까. 고민하던 찰나에 은수가 내건 의견이었다.

"우리 숙소에서 자주 하는 건데."

"아, 미니 볼링?"

상운이가 바로 알아들었다는 듯이 자리에서 벌떡 일어났다.

너네 숙소에서 재밌게 노는구나.

—미니 볼링???

—머지 ㅋㅋㅋㅋㅋ 애들이 저렇게 적극적이면 불안한데

—아무도 애들을 믿지 않고 있다

상운은 갑자기 웬 물병 하나를 상준에게 건넸다.

"마셔."

"…갑자기?"

"원샷! 원샷! 원샷!"

시키는 대로 또 열심히 한다. 상준은 물병을 절반 비우고선 선우에게 반을 넘겼다.

"아, 물병 세워서 치는 거야? 축구공으로?"

"축구공밖에 없어?"

"그럼 뭘 바라는 거야. 오늘 이사 왔는데."

은수의 한마디에 도영이 질세라 받아친다.

—ㅋㅋㅋㅋㅋㅋㅋㅋ벌써 싸우는 거임?

—도영이 팩트로 조지네

—ㅎㄷㄷ 제현이 겁먹은 듯 눈 굴리고 있어

하하, 은수가 도영의 어깨를 지그시 누르며 카메라를 향해 손사래를 쳤다.

"저희 사이 좋아요."

"얘네 진짜 좋아요. 맨날 싸우던데."

상준은 엄지손가락을 치켜세우며 축구공을 들고 왔다.

그새 볼링을 대신할 물병들이 세워져 있는 상태.

"블랙빈 대 탑보이즈로. 내일 아침 식사 준비 내기로 가."

"진짜? 너네 자신 있어?"

"아, 당연하지."

블랙빈 대 탑보이즈의 대결로 나서니, 갑자기 애들의 의욕이 넘쳐흐르기 시작한다.

"나 볼링은 진짜 못하는데."

상준은 그렇게 중얼거리며 재능을 대여했다.

딴건 몰라도 대결엔 진심인 편이라.

"누구 먼저 할래?"
"나… 나!"
도영이 가장 먼저 손을 들며 방방 뛰고 나섰다.
도영의 첫 번째 슛을 기다리는데…….
"굴린다!"
하나, 둘, 셋.
볼링공을 대신할 축구공을 오른손에 쥔 채 정면을 응시하는 도영.
손가락 끝에 힘을 주고 이내 놓았다.
그런데.
"……?"
포물선을 그리며 날아가는 축구공.
볼링을 하랬더니 야구가 하고 싶었던 걸까.
와장창.
"어어……?"
"끄아아아악!"

—ㅁㅊㅋㅋㅋㅋㅋㅋㅋㅋㅋㅋ
—뭐임? 방금 머임?
—유리창 작살난 거 아니야?
—ㅋㅋㅋㅋㅋㅋㅋㅋ오늘 집들이 아니야?
—집들이 기념 창문 부수기 ㅗㅜㅑ

"…뭐야?"
도영은 두 눈을 끔뻑이며 털썩 주저앉았다.

아니, 이게 무슨.

상준은 황급히 달려가 유리창의 상태를 확인했다.

실력과 다르게 의욕만 앞섰기 때문일까.

"와, 진짜 금 갔는데?"

—ㅋㅋㅋㅋㅋㅋㅋㅋㅋㅋㅋㅋㅋㅋㅋㅋㅋㅋ

—도영이가 물어주자~

—열심히 일해야겠네

—영앤거지톨앤핸썸

—거지 미쳤나 ㅋㅋㅋㅋㅋㅋㅋㅋ

뚜르르—.

와중에 상준은 해맑게 조승현에게 전화를 걸고 있다.

탑보이즈의 대성공으로 실장에서 이사로 승진한 조 이사님.

피곤한 목소리로 전화를 받는다.

상준은 생글거리며 말을 뱉었다.

"도영이 다음 주부터 열심히 일할 거예요."

—…….

"방금 뭐 하나 깨먹었거든요."

—뭐?

수화기 너머로 욕설이 들려온다.

상준은 휴대전화를 멀리 떨어뜨려 놓고선 혀를 내둘렀다.

이사를 가자마자 무슨 짓을 한 거냐는 조승현 이사의 말이 숙소 내로 울려 퍼진다.

"열심히 하자."

"……."

파이팅.

상준은 좌절하고 있는 도영이를 향해 외치며 전화를 끊었다.

*　　　*　　　*

혼란 속에서 유이앱 촬영을 마치고, 상준은 저녁 준비에 여념이 없었다. 블랙빈과 탑보이즈가 정신 사납게 거실에서 TV를 보며 중얼거리는 동안이었다.

"와, 도영아. 너 TV 나온다."

"아, 제발."

이제는 도영이 얼마 전에 카메오로 출연했던 드라마를 보며 깔깔대고 있었다. 교과서 연기의 표본이 된 도영이.

카메오로 나갔을 뿐인데 아직까지 수많은 움짤이 돌고 있었다.

"뭐야, 로봇이야?"

은수는 누구보다 신난 얼굴로 도영의 대사를 따라 했고, 상운은 옆에 앉아 조용하게 묵직한 말을 날렸다.

"으음. 심각하네."

"와, 너까지."

"이야, 상운이가 맞는 말만 하네."

상준은 제육볶음을 마무리하며 상운의 말에 힘을 실었다.

그러자, 거실에서 도영이가 팔다리를 휘저으며 투덜거린다.

"차도영, 조용히 해. 너, 유리창 작살냈잖아."

"…죄송합니다."

도영이를 조용히 하게 만드는 마성의 한마디.

상준은 그새 접시를 내놓으며 거실로 걸어왔다.

원래는 가볍게 시켜 먹으려 했지만…….

'재능을 이렇게 쓰는 거지, 뭐.'

이제는 소중한 사람들에게 나눠 주고 싶어서.

이렇게 준비해 봤다. 다행히도 잘들 먹는다.

"으음, 맛있네."

상운은 오물거리며 제육볶음을 흡입하듯 밀어 넣었다.

푸르게 넘실거리던 창밖은 어느덧 반짝이는 조명으로 가득했다.

높다란 빌딩을 힐끗 돌아보던 은수가 자리에서 벌떡 일어났다.

"준비할까?"

유이앱상의 집들이는 시작에 불과했다.

진짜 집들이는 이제부터 시작일 테니까.

*　　　　*　　　　*

"…벌써부터 도망가고 싶다."

책상 가득 준비된 각종 주류를 확인한 상준이 조심스레 내뱉었다.

진심이었다.

이거 다 마시면 아마 내일엔 기어서 출근할 거 같은데.

"마셔라! 마셔라! 마셔라! 아, 집들이잖아. 이 정도는 해줘야지."

전체의 막내인 제현마저 성인이 되면서 블랙빈은 한층 과감해졌다. 비교적 해맑게 노는 탑보이즈와 달리…….

"가즈아! 가즈아!"

얘네는 지나치게 파워풀하다.

상준은 혀를 내두르며 상운을 팔꿈치로 툭툭 쳤다.

"쟤네랑 놀지 마라. 무서운 애들이야."

"형도 달려?"

너도 무서운 애구나.

상운이 생글거리며 내뱉는 말에 상준은 기겁하며 뒤로 물러섰다.

상준이 어설프게 자리를 지키고 있는 동안, 옆에서는 신나게 잔을 기울이고 있다.

"다음 앨범 대박을 기원하며!"

"기원하며!"

그렇게 마시면 다음 앨범을 못 낼 거 같은데.

상준은 마음에 있는 소리를 속으로 삼켰다.

그때였다. 한층 달아오른 은수가 두 눈을 반짝이며 제안을 건넸다.

"우리 기왕 달릴 거면 게임 갈까."

"불안하게 왜 그래."

아, 너무 불안한데.

아니나 다를까. 이번에는 괴상한 무언가를 들고 온다.

"벌칙주를 마시는 거야."

"……."

얘네를 부르지 말았어야 했다.

상준은 멀쩡한 숙소 안에서 코를 찌르는 비린 냄새에 인상을 찌푸렸다.

"이거 뭐야?"

"은수 형이 예능을 너무 했네."

"예능이 사람을 이렇게 버려놨어요."

시커먼 물이 일렁인다.

예능에서 단골처럼 봐왔던 까나리액젓.

"이걸 넣어? 소주에?"

"어어. 맛있겠지."

"…미친."

무섭다, 무서워.

상준은 손사래를 치며 자리에서 벌떡 일어났다.

"나 먼저 잘래……."

"어디 가."

망할.

들어올 때는 마음대로였지만 나갈 때는 아니었다.

상운이 생글거리며 붙잡은 탓에 도망도 가지 못하고 원위치로 돌아왔다.

게임은 세상 공정하게 가위바위보.

질 때마다 이걸 한 스푼씩 넣으면 된단다.

"와, 재밌겠다."

언제나 긍정적인 도영은 유리창을 깨먹고도 헛소리를 하고 있고, 제현이는 반사적으로 고개를 끄덕이고 있다.

유찬은 뻔뻔한 소리를 내뱉는다.

"열 명이잖아. 나만 안 걸리면 돼."

"자, 뽑을게요."

그새 본격적으로 은수와 함께 종이쪽지를 만들어 온 선우가 신이 나서 달려온다. 아까 맥주 한 잔을 마셨다고 벌써 텐션이 올라갔다.
"자… 자! 뽑았어."
"두구두구두구."
"과연……!"
아, 제발.
나 집 가고 싶은데.
상준은 여기가 숙소라는 것도 잊고 간절히 중얼거렸다.
"이제현!"
"아, 왜……."
살려줘.
숙소 내로 안타까운 아우성이 울려 퍼졌다.
제현은 바닥으로 엎어지며 두 팔을 버둥거렸다.
"그리고……. 다음 사람은……."
휘적휘적.
종이쪽지를 집은 도영이 두 눈을 반짝였다.

* * *

도영의 눈빛이 정확히 자신을 향한다. 상준은 기겁하며 고개를 저었다. 이럴 리가 없다.
상준의 다급한 한마디가 숙소에 울려 퍼졌다.
"아니라고 말해."
"응, 형이야."
"…망할."

아무래도 내일 멀쩡하게 일어나긴 틀린 거 같다.

상준은 지끈거리는 머리를 부여잡고 제현을 마주 보았다.

이미 시작되어 버린 게임.

이제 양보란 없다.

언제부터 가위바위보가 이렇게 비장한 게임이었을까.

다급한 외침이 한 치의 양보도 없이 숙소를 울린다.

"가위, 바위, 보!"

"가위, 바위, 보!"

총 다섯 판.

가위바위보에서 질 때마다 둘 중 하나에게서 절규 어린 탄식이 터져 나왔다. 상운은 아랫입술을 잘근 깨물고선 내기에 집중했다.

"…와."

이 몰입감.

무대 위에서는 세상 멋있는 눈빛으로 팬들을 홀리고 다니던 두 사람이…….

필사적으로 가위바위보를 하고 있다니.

"아아아악!"

정말이지 영상으로 남기고 싶은 장면이다. 그렇게 중얼거리는데 이미 실천하고 있는 이들이 있었다. 상운은 아까 전부터 들썩들썩한 뒤편을 돌아보았다.

"잘 찍고 있어?"

"팬카페 각인데, 이거."

아니나 다를까.

도영과 유찬은 사악한 미소를 지으며 구석에서 깔깔거리고 있다.

같은 팀 멤버 하나가 곧 나가리 될 예정인데 참으로 해맑다.
현재까지 2 대 2.
상운은 만루홈런을 기다리는 심정으로 두 손을 모았다.
옆에 앉아 있던 은수가 상운을 향해 물었다.
"누가 졌으면 좋겠어?"
그걸 물을 필요가 있나.
그야 당연히…….
"아, 형이 원샷 하는 거 보고 싶은데."
"…이따가 이른다."
"쉿."
다행히 상운의 바람은 열이 오른 가위바위보 멘트 속에 묻혔다.
드디어 마지막 판.
이미 각자의 소주잔에는 까나리액젓이 두 스푼씩 들어가 있었다.
묘하게 검은빛을 띠고 있는 소주가 불편하게 일렁였다.
"저렇게 보니까 살짝 콜라 같다."
"비주얼만 그런 거 아닐까."
뒤에서 중얼거리는 말을 무시하고.
상준은 온 힘을 모아 주먹을 냈다.
그리고.
"와아아아악!"
제현이 악 소리를 내며 뒤편으로 쓰러졌다.
살면서 가위를 낸 것이 이렇게 후회되는 순간이 있었을까.
제현은 두 번 다시는 가위질도 하지 않겠다고 속으로 다짐하게 되었다.

"이럴 리 없어……."

결과는 상준의 승.

"…아, 아쉽다."

침을 삼키며 중얼거리는 상운과, 뛸 듯이 기뻐하는 상준.

거의 빌보드 1위를 했을 때만큼이나 좋아하는 거 같은데.

"아."

제현은 세상을 잃은 표정으로 자리에 앉아 있었다.

눈앞에는 그 맛을 상상하고 싶지 않은 벌칙주가 들려 있었고.

그 위로 소금을 살포시 뿌려준 도영이 박수를 치며 제현을 응원했다.

"제현아, 할 수 있어."

"할 수 있다아!"

고개를 끄덕이며 두 눈을 질끈 감은 제현.

"너, 예전에 번지점프도 했었잖아. 그때를 생각하면서 마셔봐."

"그때 포기했잖아."

"아… 그랬냐?"

"제현이 울었잖아."

"이번에도 울겠네."

이미 제 일이 아니게 된 상준은 안타깝다는 듯이 혀를 찼다.

아무래도 울 거 같은데.

제현은 도영의 어설픈 응원에 쓸데없이 패기 있게 잔을 들었다.

"아, 그때는 그때고. 나는 지금… 어른이라고!"

"그러엄."

어느덧 스물두 살이다.

제현은 진지하게 잔을 응시하며 고개를 끄덕였다.
이깟 거… 싸울 수 있다.
그러니까…….
"제, 제현아?"

*　　　*　　　*

제현은 까나리 소주의 후폭풍에서 쉽게 벗어나질 못했다.
멍해진 얼굴로 같은 말만 중얼거릴 뿐이었다.
"인생의 쓴맛을 본 것 같아……."
저런, 거기서 멈췄으면 좋았을 텐데…….
"한판 더! 한판 더!"
괜히 저러다가 두 잔을 더 마셨다.
고로, 제현은 갈 대로 가버렸다.
"쓴맛… 쓴맛……."
아까부터 잠꼬대로 이상한 소리를 하고 있다. 상준은 혀를 차며 상운을 돌아보았다. 생각해 보니 이런 상황에 딱 어울리는 말이 있다.
"옛말에 객기를 부리면 일찍 간다고 했어."
"맞아."
상운은 오징어 다리를 잘근거리며 상준의 말에 격하게 공감했다.
물론 저 말을 하는 상준도 제현 못지않게 상당히 취한 상태였다는 게 문제지만.
더 일찍 달렸던 사람들은 말할 것도 없었다.
처음부터 장난 아니게 달리던 도영도 은수와 함께 뻗어 있었다.

강원과 찬도 골골대고 있고.

어느덧 새벽 4시다.

그나마 살아남은 건 선우와 유찬.

"하하하. 헤헤."

"…무서워, 쟤."

"하하, 재밌다."

유찬은 이미 세상이 즐거운지 무섭게 웃고 있었다.

선우도 크게 다를 건 없었다. 잔뜩 텐션이 올라 있는 상태로 상준의 옆구리를 쿡쿡 찔렀다.

"노래 부를까?"

"노래애?"

상준은 두 눈을 끔뻑이며 되물었다.

선우는 격하게 고개를 끄덕였다.

"그러치. 우리가 뭐다? 가수다. 그러니까, 노래를 불러야지!"

"불러야지!"

둘은 어기적어기적 일어나서 기타를 꺼내 들고 왔다.

지난 2년간 콘서트에 매일같이 들고 다녔던 상준의 어쿠스틱 기타. 술에 취해 노래를 부르려는 와중에도 제법 멀쩡한 척 자세를 잡는다.

"뭐 해?"

상운은 웃음을 참으며 상준의 손에 들린 기타를 뺏었다.

"내가 칠게."

"이야, 반주해 주는 거야?"

상준이 박수를 치며 감탄을 터뜨렸다. 취해서 하는 행동이었지만, 상운은 묘한 감격에 잠겼다.

갑자기 잊고 있던 기억이 떠올라서였다.

병실에서 처음 일어났을 때.

그때도 저런 얼굴로 보고 있었는데…….

다시 상준의 앞에서 노래를 부를 수 있었던 게 너무 좋았다.

벌써 2년이 지났지만 그 시간은 마치 어제였던 것처럼 생생했다.

JS 콘서트 때도 그랬다.

같이 무대에 설 수 있었던 경험이, 상운을 지금까지 버티게 했다.

블랙빈으로 데뷔하고 나서 매번 순탄한 일만 있었던 건 아니었다.

뒤늦게 들어온 멤버로, 욕도 비난도 받지 않았다고 할 수는 없었다.

굳어버린 보컬과 댄스 실력.

이전으로 돌아가지 못할까 봐 두려웠던 순간들도 많았다.

그런데.

탑보이즈를 보며 용기를 얻었다.

때로는 이름 모를 신인으로 무시받았을 때부터 마침내 정상을 찍기까지.

그 과정을 옆에서 봐오진 못했지만, 짐작할 수 있었으니까.

지금 블랙빈은 탑보이즈가 닦아놓은 길을 따라 차근차근 올라가고 있다. 빌보드차트에도 이름을 올리고, 굵직한 시상식에도 참여할 수 있었다.

뿐만 아니다.

많은 후배 가수들이 두 팀의 뒤를 열심히 따라오고 있으니까.

디리링.

그런 감성 속에 젖어 첫 코드를 짚는데.

"아, 좋다. 노래가 좋다아!"

음. 감성이 조금 깨는 거 같긴 하지만.

상운은 혀를 내두르며 부드럽게 스트로크를 시작했다.

딩딩.

숙소 안으로 부드럽게 울려 퍼지는 기타 소리.

이미 세상에 발표한 곡은 아니었다.

그냥, 즉석으로 떠오르는 감성을 기타에 담고자 했다.

"으으음."

취한 와중에도 노래가 좋았는지 리듬을 타기 시작하는 상준.

웬일인지 갑자기 가사를 얹기 시작한다.

두려웠던 거야

다시 노래하지 못할까 봐

여느 무대처럼 마이크가 있는 것도 아니다.

생 라이브인데도 상준의 목소리는 담백하게 울려 퍼졌다.

캄캄한 어둠이 어디까지 이어질까

텅 빈 그곳에서 수도 없이 물었어

상운이 하고 싶었던 한마디.

그것이 상준의 입에서 자연스레 흘러나왔다.

지나친 기교는 없었다.

발음도 불명확했다.
아니, 어쩌면 본인은 무슨 소리를 하는 건지조차 모를지도.
그런데, 너무 신기하게도.
그 가사가 상운을 붙들었다.
"……."
상준은 물병을 마이크 대신 붙들고선 알 수 없는 미소로 웃었다.
"두려웠던 거야."
상준은 읊조리듯 마지막 가사를 뱉었다.
"…다시 노래하지 못할까 봐."

*　　　*　　　*

검은색의 모던한 소파. 상준은 골골대며 그 위로 엎어졌다.
익숙한 사무실이었다.
조승현 이사가 혀를 차며 서류 판을 들고 걸어왔다.
"얼마나 마신 거야?"
"아, 진짜 죽을 거 같아요."
가장 무서운 사람이 떠올랐다.
"차은수, 걔… 진짜 보통이 아니에요."
어제 몇 명을 골로 보낸 건지 모르겠다. 은수를 따라 텐션이 업된 도영이까지 포함해서. 둘이 나머지를 제대로 보내 버렸다.
무서운 형제다, 무서운 형제.
조승현 이사는 상준의 말을 듣고선 어이없다는 듯 웃음을 터뜨렸다.

"기억은 나고?"

"아니요. 그럴 리가요."

정말 하나도 기억이 안 난다.

왜 자고 일어났더니 자신이 기타를 베고 잠에 들었는지도.

아, 그거 제법 비싼 건데.

상준은 속으로 중얼거리며 간신히 몸을 일으켰다.

"왜 부르셨어요?"

다른 친구들은 아직 숙소에서 뻗어 있다.

그나마 눈을 뜬 상준이 조승현 이사의 전화를 받고 여기로 향했다.

그는 어깨를 으쓱이며 휴대전화를 건넸다.

"이게 뭐예요?"

초록창 메인에 뜬 웬 연예 기사다.

상준은 고개를 숙여 기사의 내용을 확인했다.

「이번 연도 JS 콘서트 개최 가능성 있나, 합동 프로젝트 준비 중」

—진짜 합동으로 공연함?

ㄴ헐 ㅁㅊㄷㅁㅊㅇ

ㄴ이거 JS 오피셜 아니라는데요?

ㄴ아 오피셜이든 말든 제발 해줘 ㅠㅠㅠㅠ

—상상 형제 유닛 활동 안 하나요?

ㄴㄹㅇ 이 조합 저는 찬성합니다

ㄴ둘이 진짜 음방 정식으로 한 번만 뛰게 해주면 안 됨?

ㄴ아직도 그거 영상 돌잖아. JS 전설의 무대
ㄴ아 맞지 ㄷㄷ
ㄴ그거 한 번 더 보고 싶긴 하다
—조승현 이사님 보고 계시다면 당근을 흔들어주세요
ㄴㅋㅋㅋㅋㅋㅋㅋㅋ
ㄴ(당근)
ㄴ아 페이크 치지 말라고 ㅂㄷㅂㄷ
ㄴ순간 찐인 줄 알았잖아

"당근 진짜 흔드신 거예요?"

"……."

표정을 보니까 맞는 거 같다.

크흠.

조승현 이사는 헛기침을 하며 상황을 설명했다.

합동 프로젝트를 준비 중이었던 건 맞는데, 어쩌다 보니 기자들이 눈치채고 먼저 기사를 내버렸단다.

기사가 메인에 떴고, 합동공연을 소취하는 팬들이 한 트럭.

그중에서도 가장 관심을 모으고 있는 건 상준과 상운의 유닛이었다.

웸블리 스타디움에서 펼쳤던 공연이 전설의 무대로 남으면서 2년이 지난 지금까지도 그 무대를 바라는 사람들이 여전히 많았다.

"이걸 계획 중이셨던 거예요?"

"어떻게 생각해?"

"으음."

유닛 활동이라.

여러 팀에서 일회성으로 유닛을 꾸려 활동하는 일이 없는 건 아니었다. 심지어 같은 회사다 보니, 안 될 것도 없었다.

분명 좋은 기회다.

그런데.

"기대가 큰 거 같네요."

"부담돼?"

"살짝은……?"

상준은 피식 웃으며 고개를 끄덕였다.

어찌 되었건 상운은 분명 좋아할 소식이었다. 예전에도 함께 유닛을 하고 싶다고 한 적이 있었으니까.

"한번 물어볼게요."

"그래, 좋은 생각이네."

조승현 이사를 향해 싱긋 웃어 보인 상준은 이내 자리에서 일어났다.

*　　　*　　　*

JS 엔터의 작업실.

데뷔곡부터 최근 타이틀곡까지.

탑보이즈를 여기까지 오게 한 수많은 곡들이 탄생한 곳이었다.

지금 그곳을.

상준은 상운과 함께 다시 찾았다.

그리고.

…열심히 싸우고 있다.
"아니, 진짜 기억이 안 난다고?"
"무슨 소리야. 내가 왜 술을 마시면서 노래를 불러?"
상준은 머리를 긁적이며 고개를 갸우뚱해 보였다. 아무리 취해도 그렇지 자신은 곱게 자는 사람이라나.
그 모든 것을 본 상운의 입장에선 기가 찰 노릇이었다.
"그러면 멜로디는?"
"어엉?"
"가사는?"
"기억 안 나는데."
분명 너무나 좋은 곡이었다.
마치 자신의 마음을 대변하는 것만 같았던 곡.
유감스럽게도 상준은 하나도 기억해 내지 못했지만…….
"다행히 내가 기억하고 있으니깐."
상운은 혀를 내두르며 한숨을 내쉬었다.
"왜 그렇게 봐?"
세상 한심하다는 눈빛.
상준은 헛기침을 하며 고개를 돌렸다.
뭐, 사람이 기억 안 날 수도 있지.
"콘셉트는 생각해 봤어? 우리 싱글로 준비하는 거지?"
"어, 아마 싱글로 갈 거 같은데."
상준은 조승현 이사에게 전해 들은 말을 풀어놓았다. 블랙빈도 탑보이즈도 정규앨범을 준비해야 할 상황이라, 그사이에 잠깐 준비하는 유닛 활동이었다.

방송 활동이나 예능 출연은 할 계획이지만, 미니앨범 수준으로 곡이 많이 필요한 상황은 아니었다. 콘셉트만 확실히 잡아서 한 곡으로 가면 어떨까. 그렇게 생각하고 있었는데…….

"두 곡은 어때?"

"싱글인데……?"

상운의 생각은 조금 달랐다.

발라드 느낌의 첫 번째 노래에서 경쾌한 리듬으로 전환시켜 두 번째 곡에 이어지게 하면 어떨까.

상운은 기타를 들어 올리며 스트로크를 하기 시작했다.

"이런 느낌으로."

디리링.

어딘가 애달픈 멜로디가 울려 퍼진다.

이미 한 번은 들은 적이 있던 노래지만, 지금 상준의 머릿속에는 남아 있지 않은 곡.

"아, 뭔가 익숙한데."

"…노래까지 부르셨다니까."

크흠.

상준은 헛기침을 하며 다시 멜로디를 귀에 익혔다.

듣는 사람을 한 번쯤 돌아보게 만들 서글픈 멜로디.

상운과 달리 발라드를 즐겨 듣는 편은 아니었지만…….

'상운이답네.'

평소 톡톡 튀는 스타일의 노래를 잘 만들어 내는 상운이었지만. 의외로 상운에겐 발라드 느낌의 감성적인 노래가 어울렸다.

성격 자체가 감성적이라 더 그런 것인지도 모르겠지만.

"…좋다."

디리링.

천천히 마무리되어 가던 노래가 끝나기도 전에, 코드가 완전히 바뀐다. 마이너 코드에서 메이저로 분위기가 전환되면서, 리듬도 한층 빨라진다.

마치 처음부터 하나의 노래인데, 벌스를 바꾼 것처럼.

"뭐야."

상준은 웃음을 터뜨리며 기타를 치는 상운을 바라보았다.

역시 천재적인 생각이다.

이런 식으로 두 곡을 이으려고 했구나.

두려웠던 거야
다시 노래하지 못할까 봐

상준은 그제야 상운이 이 곡에 담고자 하는 의미를 깨달았다.

캄캄한 어둠이 어디까지 이어질까
텅 빈 그곳에서 수도 없이 물었어

상준은 마이크를 들어 즉석에서 흥얼거리기 시작했다.

어쩌면 이런 가사를 담고 싶었던 게 아닐까.

어딘가 어설픈, 다급히 맞춰보는 가사일지 모르겠지만.

어떤 방향으로 나아가야 할지는, 확실히 알고 부르는 곡이었다.

가사부터 자신들의 이야기였으니까.

"여기서 멜로디 쪼개면 좋을 거 같은데."

"리듬을 살짝씩 당기는 건 어떨까."

다양한 의견이 자유롭게 나왔다.

리듬을 어떤 식으로 트렌디하게 살릴지, 분위기를 반전시킬 때 어떤 도입부로 치고 들어갈지.

고민할 부분도, 막히는 부분도 많았지만.

금방 헤쳐 나갈 수 있었다.

협업을 처음 해보는 게 아님에도 한 몸처럼 딱딱 맞는 기분에, 상준은 마냥 신기해졌다.

"이렇게 들으니까 훨씬 느낌이 살지 않아?"

"맞네."

완벽한 협업.

왠지 이번 앨범도 대박이 날 것 같은 예감이 들었다.

* * *

원형석의 뮤직 스튜디오.

데뷔 직후 이곳을 찾았을 때는 마냥 높아 보였던 프로그램이었다.

공중파의 음악프로그램. 신인인 탑보이즈에겐 황금 같은 기회의 프로그램이었으니까.

하지만, 지금은 달랐다.

"와아아아악!"

빌보드 가수로 컴백한 지금은, 대기실로 향하는 길조차 지나가기 버거울 정도로 수많은 인파들이 모여들어 있었다.

"오늘 싱글 최초 공개 하나요!"

"네, 방송 직후에 올라갈 예정이고요… 아아악."

뭐 이리 사람이 많은 거지.

상운은 풍선 인형처럼 날아갈 뻔한 두 다리를 땅에 붙이고 인터뷰에 정신이 없었다. 출근길이 이렇게 힘들 줄이야.

블랙빈이 출연할 때마다 그 인파도 상당했지만…….

이건 거의 뭐 놀라울 정도다.

온 세상 사람들이 다 여기에 몰려들었나 싶을 정도로, 끝이 없었으니까.

"허억… 헉."

간신히 대기실에 도착한 상운은 숨을 고르며 혀를 내둘렀다.

"우리도 장난 아니지만 형은 진짜 대박이구나."

"뭐가……?"

"끝이 없잖아, 사람들이. 깔려서 죽는 줄 알았네."

아무리 경호하러 매니저가 붙는다고 해도.

일단 기자 수부터 장난이 아니다.

상준은 고개를 끄덕이며 대본을 꺼냈다.

촬영에 앞서 일찍 도착한 이유는 하나였다.

이번 유닛 활동이 큰 화제를 모은 만큼, 사전 인터뷰가 있었기 때문.

저편에서 막내 작가가 다급히 뛰어 들어왔다.

"인터뷰 들어가실게요!"

"아, 넵! 가겠습니다!"

상준은 능숙하게 자리에서 일어났다.

5년 전에 이곳에 왔을 때는 마냥 덜덜 떨었었는데…….

이제는 이런 인터뷰도 제법 자연스럽다.

"네, 오늘은 탑보이즈의 상준, 블랙빈의 상운 씨를 모시고! 사전 인터뷰를 진행해 볼까 하는데요!"

실시간으로 유이앱 라이브로도 나가는 중이다.

그새 팬들이 많이 들어와 있었다.

—와 대박. 진짜 유닛 하는 게 실감이 나네 ㄷㄷ

—오늘 원형석 스튜디오에 나오는 거죠?

—ㅇㅇ맞음

—와 대박!!!

—죽기 전에 이 둘이 합동공연 하는 걸 다시 보네……. 둘이 같이 작곡해서 앨범 내는 건 처음이지 않음?

—곡이 너무 기대됨. 미쳤을 거 같음.

—찢었다!!

진행자의 멘트에도 여유를 잃지 않고 웃으며 답변하는 태도.

이제는 댓글을 확인하는 여유까지 있다.

상운 역시 2년 새 많이 늘었다.

이미 데뷔한 상태였던 블랙빈을 따라가기 위해 처음에는 고군분투했지만…….

여러 번 방송을 해보고 깨달았다.

자신은 제법 말을 잘한다는 것을.

"자, 서로 같은 회사잖아요. 형제고."

"네, 그렇죠."
"그러면 서로 노래도 자주 듣나요?"
아.
물론 안 듣기는 한다.
상준은 턱을 쓸어내리며 싱긋 웃었다.
"가끔… 길을 가다가 나오면?"
"네, 챙겨 듣지는 않는다고 합니다."
"아, 너무하네."
둘 다 긴장하지 않고 말을 자연스럽게 넘겨서인지 사전 인터뷰의 분위기가 좋다. 진행자는 상준을 향해 마이크를 건네며 다시 물었다.
"그러면 상준 씨는 블랙빈 노래 중에서, 상운 씨가 부를 때 어떤 노래가 가장 어울린다, 좋다. 이랬던 거 있나요?"
"블랙빈의 러브 포이즌이요."
"오, 러브 포이즌!"
기억난다.
탑보이즈가 블랙빈과 함께 콜라보레이션까지 했던 노래.
꽤 격한 안무와 화끈한 느낌의 가사가 블랙빈과 어울리는 곡이었다. 대표곡이기도 하고.
하지만, 진행자는 그 이유가 궁금해졌다.
"러브 포이즌이면 되게 멋있는 곡인데… 오. 어떤 면에서 어울리던가요? 파워풀한 댄스? 아니면 보컬?"
"아, 그런 건 아니고요."
상운은 호기심 가득한 눈빛을 상준에게 보냈다.

칭찬은 듣기 좋으니 나름 기대하는 낯빛.

그런 상운을 향해 상준의 묵직한 한마디가 던져졌다.

"별로 안 치명적인데 치명적인 척하는 게 재밌어서요."

"…뭐?"

—ㅋㅋㅋㅋㅋㅋㅋㅋㅋㅋㅋㅋㅋㅋ

—개너무하네 ㅋㅋㅋㅋ

—아 장르가 코믹이었어? 웃겨서 좋아했던 거야?

—이런 반전이…….

—상운이 어이 털린 표정… ㅋㅋㅋㅋ

상운은 두 눈을 끔뻑이며 상준을 돌아보았다.

이 배신감…….

어떻게 그런 이유로 그 멋진 무대를…….

"자, 그러면 상준 씨가 러브 포이즌 대신 보여주시죠!"

진행자는 그 틈을 타 박수를 치기 시작했다.

그 열기와 함께 팬들도 한바탕 난리가 났다.

예전 시상식 무대 이후로 단 한 번도 상준의 러브 포이즌 무대를 본 적이 없어서였다.

—보여줘! 보여줘! 보여줘!

—꺄아아아아아아아

—와 미친 오늘 여기가 내가 눕는 날이구나

—돗자리 준비해 와씁니다!!

물론 시키는 대로 곧잘 하는 상준이다.

그대로 일어나서 러브 포이즌 MR에 맞춰 파워풀한 댄스를 선보이는 상준. 완벽에 가까운 웨이브를 본 상운의 표정은 한층 썩어들어 갔다.

'내가 뭘 보고 있는 걸까.'

별로 안 치명적인데 치명적인 척하는 거.

상운은 그제야 상준의 마음을 헤아릴 수 있었다.

물론 팬들은 그렇게 생각하지 않는 것 같았지만.

—으른미 ㄷㄷㄷ

—다 컸다 우리 상준이 ㅠㅠ

—근데 상준이는 다 큰 게 맞음……. ㅋㅋㅋㅋㅋㅋㅋ

—아 팩폭 때리지 마

—아직 성장기일 수도 있지. 상준이 기죽이지 마세욧

—27세 성장기…….

"와, 정말 너무 멋진 무대였는데요. 상운 씨, 어떤 거 같아요?"

줄곧 심각한 얼굴로 무대를 보고 있었던 상운.

혼신을 다한 상준의 무대를 직관한 상운의 심경은 이랬다.

"참… 어디 내놓기 부끄러워요."

—ㅋㅋㅋㅋㅋㅋㅋㅋㅋㅋㅋㅋ

—참으로 훈훈하네요 ㅎㅎ

—저거 내 동생 새끼가 맨날 나한테 하는 말인데

와중에 상준은 상운의 말을 듣지 못하고 댓글만 확인하고 있었지만, 상운의 팩폭보다도 상준의 시선을 사로잡는 댓글이 있었기 때문이었다.

"27세 성장기 누구세요?"

부들부들.

상준은 거친 숨을 고르며 닉네임을 열심히 외우고 있었다.

아무래도 팬카페에서 저 닉네임을 찾아봐야겠다.

그런 생각을 하며 댄스의 후폭풍을 잠재우던 순간.

진행자가 손뼉을 치며 의미심장한 말을 꺼냈다.

이번 유닛 앨범의 성적이 기대되는 만큼, 꼭 넘어가야 할 필수 코스가 하나 있었다.

"원형석의 뮤직 스튜디오 출연 영상이 오늘 올라가겠죠."

"네, 그렇죠."

"그 영상이 만약 1억 뷰를 찍으면……."

설마 공약?

상준은 반사적으로 기겁했다.

"뮤직비디오도 아니고 방송 영상이 1억 뷰를 찍는 게 쉬운 일은 아니잖아요. 팬분들을 위해 공약을 걸어보면 어떨까 하는데요. 생각해 두신 거 있나요?"

"오, 좋네요."

상준과는 달리 즉각적으로 고개를 끄덕이는 상운.

상준은 그런 상운을 다급하게 말렸다.

"그런 거 함부로 거는 거 아니야."
"왜……?"
"너, 홍대 거리에서 삼겹살 먹으면서 108배 해봤어?"

—아 상준아 ㅋㅋㅋㅋㅋㅋㅋ
—저 눈빛은 진짜다
—진심을 다해 말리고 있네 ㅋㅋㅋㅋㅋㅋ

상황을 모르는 상운은 이내 멍해졌다.
"…그게 무슨 소리야?"
홍대 거리에서 삼겹살을 먹으면서 108배를 했다니.
옆에선 꽹과리까지 쳤다는데…….
농담인 줄 알았는데 댓글을 보니 진담인 것 같다.
이것이 정글 같은 연예계인가.
상운은 상준의 어깨를 토닥이며 뒤늦게 위로해 줬다.
"형… 되게 힘들게 살았구나."

—훈훈합니다 아주 ㅎㅎ
—갑자기 이해하지 말라고ㅋㅋㅋㅋㅋㅋ
—108배 한 번 더 가는 거임?

하지만, 공약은 공약이다.
상운은 싱긋 웃으며 마이크를 들었다.
"저희가 이번에 두 곡을 발매하는데. 첫 번째 트랙 제목이 '무인도'고요. 두 번째는 '도시'거든요."

상운이 깨어나지 못했던 시기를 담은 곡이 '무인도'라면.

'도시'는 보다 경쾌하게 현재를 그려내는 곡이었다.

그런 의미 있는 가사를 담은 노래들이지만…….

"그런 의미에서 1억 뷰를 넘으면……."

"넘으면!"

"무인도를 가겠습니다."

무인도라니.

어떻게 그런 망언을 아무 생각 없이 내뱉을 수 있단 말인가.

상운은 어깨를 으쓱이며 말을 던졌다.

"에이, 설마 1억 뷰 찍겠어."

"난 몰라."

상준은 한숨을 내쉬며 그 자리에서 엎어졌다.

"…아, 불안한데."

불안함은 현실이 되게 마련이었다.

*　　　*　　　*

원형석의 뮤직 스튜디오.

수많은 가수들이 거쳐 간 자리이자, 네임 밸류 있는 가수들도 많이 찾는 음악방송이다. 하지만, 오늘따라 스태프들은 한층 더 분주해질 수밖에 없었다.

탑보이즈와 블랙빈.

각각의 그룹만으로도 상당한 화제인데, 그중에서도 화려한 인기를 끌고 있는 상준과 상운이 함께 노래한다니.

더욱이 아직 정식으로 음원이 공개되기도 전이었다.

관객석은 이미 팬들로 가득 차 있었다.

그리고.

"와아아아아!"

그 함성 속을 상준이 조용히 걸어 나왔다.

그 뒤로 잔잔하게 깔리는 피아노 소리. 동시에 관객석엔 적막이 감돌기 시작했다.

"……."

처음 시작은, 숙소에서 그랬던 것처럼 상운의 기타 소리였다.

잔잔한 기타 소리가 관객석의 마음을 천천히 적시기 시작했다.

"뭐지."

좋다.

그저 한 소절이 흘러나왔을 뿐인데.

상준은 흐릿하게 웃으며 마이크를 집어 들었다.

두려웠던 거야

결국 홀로 남겨질까 봐

처음은 상준의 이야기였다.

어둠 같던 시기를 홀로 버텨야 했던, 무인도 같은 시절.

그 시절을 고스란히 담아낸 노래가 팬들의 마음을 둥둥 울렸다.

포기하는 게 맞는 걸까 헛된 꿈일까

수없이 스스로에게 물어왔어

부드러운 상준의 목소리가 섬세하게 감정을 휘저어놓았다.
그다음은 상운이었다.
상준의 가사에 화답하듯 기타를 치며 노래를 부르는 상운.

두려웠던 거야
다시 노래하지 못할까 봐

비록 둘의 이야기지만 모두의 이야기이기도 했다.
마치 무인도 한복판에 던져진 듯한 외로움과 불안함.
한 치 앞도 볼 수 없는 어둠 속에서 헤엄쳐야 했던 경험.
관객들 누구나 한 번쯤 겪어본 이야기였으니까.
그래서, 금세 빠져들 수밖에 없다.

캄캄한 어둠이 어디까지 이어질까
텅 빈 그곳에서 수도 없이 물었어

관객석 틈 사이로 훌쩍이는 소리가 울려 퍼졌다.
너무도 담담해서. 그러면서도 간절해서.
둘의 목소리는 그렇게 느껴졌다.
이미 지나온 시절을 그리는 듯 차분한 목소리. 호소력에만 힘을 쏟았더라면 그 감정을 강요하는 듯 느껴졌을지 모르겠지만, 둘은 그렇지 않았다.

이 노래에 대한 해석은 관객들의 몫이니까. 그런 진솔한 마음이 관객석과 무대와의 거리를 한 뼘 더 줄여놓았다.

"흐윽… 흑."

앞자리의 누군가가 눈물을 닦았고.

그를 본 상준이 위로하듯 차분히 웃었다.

그렇게 관객들을 울고 웃게 만드는 한 편의 드라마 같은 무대.

상준이 바랐던 것은 그것이었으니까.

잔잔하던 기타 반주가 속도를 올리기 시작했다.

디리링.

그 위로 조금씩 얹어지는 드럼 비트와 피아노 소리.

상준은 어깨를 들썩이면서 앞으로 걸어 나왔다.

순식간에 바뀌는 무대의 분위기.

아까까지 눈물을 닦았던 팬들은 놀란 얼굴로 고개를 들었다.

방금의 테마가 어둠 같았다면, 이번 테마는 빛과 같았으니까.

조금의 희망. 그것을 음표로 그려낸 기분.

짝짝짝.

상준은 손뼉을 치며 호응을 유도했다.

하지만 알았어

이 어둠에도 끝이 있다는 걸

상운은 자리에서 천천히 일어나 마이크를 잡았다.

노래와 너무도 잘 어울리는 맑은 목소리.

팬들의 입에서 함성이 절로 터져 나왔다.

너도 알고 있잖아
조금씩 녹아내리는 이 눈 위로
한 줄기 새싹이 내가 되리란 걸

힘들었지만 지금은 좋잖아.
마치 그렇게 중얼거리듯 내뱉는 상운의 랩.
그 위로 상준이 화음을 쌓았다.

어쩌면 어쩌면
더 환하게 빛날 수 있다는 걸

"와."
"미쳤다, 이거."
이번 신곡…….
역대급이다.
주변에서 그런 말들이 자동으로 튀어나왔다.
원형석은 차마 입을 다물지 못했다.
"…언제 저렇게."
처음 상준을 봤을 때도 그는 감탄할 수밖에 없었다.
빛이 나는 친구라고 생각했으니까.
충분히 재능이 넘쳐흐르는 친구라고 생각했으니까.
그런데 오늘은.
눈이 부시도록 반짝였다.

스타.

그것을 눈앞에서 실감하는 기분이었다.

*　　　*　　　*

상준과 상운이 유닛으로 발표한 앨범.

「무인도」와 「도시」는 나란히 차트 1, 2위를 기록했다.

방송이 나간 직후 미친 듯이 입소문을 탔다.

듣는 사람을 생각에 잠기게 만드는 「무인도」의 묘한 매력과, 절로 들썩이게 하는 「도시」의 활기참까지.

노래가 너무 좋았기 때문이었다.

원래도 화제성이 좋은 그룹이긴 했지만.

무대를 본 이들은 그 누구도 반박하지 못했다.

이건 1위를 찍어야 하는 곡이라는 걸.

—미쳤는데??? 와 나 뭘 본 거지;;

ㄴ한동안 이것만 돌려 보겠네 ㅋㅋㅋㅋㅋ

ㄴ아니 우리 애들이 무대를 찢어놓으랬더니 부숴놨네;;

ㄴ잘해도 너무 잘하잖아

—그래서 공약은 어떻게 되는 거죠?

ㄴㅋㅋㅋㅋㅋㅋㅋㅋ1억 뷰는 그냥 돌파하겠더라

ㄴ상준이 고통받는 거 한 번 더 볼 수 있는 건가?

ㄴ역시 공약은 잘 정해야 해

ㄴ왜 하필 무인도임 ㅋㅋㅋㅋ 상운아…….

ㄴ본인들의 무덤을 무인도로 판 게 아닐까
—무인도에서 무인도 불러주면 되겠다
ㄴ아니, 그게 지금 팬으로서 할 소립니까!
ㄴ넹 ㅎㅎ
ㄴ그럼요. 아 재밌게따 ㅋㅋㅋㅋ
ㄴ여기 다 사악한 온탑만 있는 거야……?

팬들의 말이 맞았다.
원형석의 뮤직 스튜디오 영상은 전 세계로 퍼져 나갔다.
그리고, 불길했던 예감대로 1억 뷰는 이틀 만에 찍어 버렸다.
상준은 머리를 감싸 쥔 채 한숨을 내쉬었다.
"고맙다."
"어어?"
상운은 두 눈을 끔뻑이며 상준을 바라보았다.
상준은 악수를 내밀며 싱긋 웃었다.
"네가 나를 섬으로 보내 버리는구나."
"…크흠."
상운은 그럴 수도 있지, 라며 억울한 눈빛으로 중얼거렸다.
하지만, 걱정되는 건 이쪽도 마찬가지.
1억 뷰를 찍은 건 분명 행복한 일인데, 댓글을 보는 게 영 고통스럽다. 다들 이미 축제 분위기였으니.

—와아아아아 무인도! 무인도!
ㄴ리얼리티 하나 찍는 건가 오오

ㄴ아니, 우리 애들 고생하면 안 돼요 ㅠㅠ
ㄴㅇㅁㅇ 그래도 재밌어 보임
ㄴ둘이 예능 찍는 걸 보다니… 감격적

그중에는 어설픈 한국어로 댓글을 단 외국인도 있었다.

—그런대 궁금한 것이 잇어요 무인도가 뭐에요?
ㄴ무인도가 뭐냐면… 섬이 있는데 사람이 없어요.
ㄴ오 그러면 어떻개 되나요?
ㄴ어떻게 되냐면… 이렇게 돼요
ㄴ[사진]

그 밑에는 상준의 사진이 답댓으로 달려 있었다.
「무인도의 법칙」에서 열심히 뛰어다녔던 상준.
거의 현지인에 가까워 보였던 완벽한 생존 본능.

—상준그릴스다 ㄷㄷㄷㄷㄷㄷ
ㄴ상준그릴스의 부활인가!!!
ㄴ와 미쳤다
ㄴ물고기를 작살로 한 번에 잡아버리는 클라스
ㄴ…훌륭한 단백질 공급원이쥬
ㄴ아주 맛있쥬

상운은 상준의 비즈니스를 보며 웃음을 참지 못했다.

저렇게 필사적으로 뛰어다닐 수가.

"이야, 형. 물고기 잘 잡네."

"……."

"푸흡. 아 진짜 사진 너무 잘 나왔는데."

어흑.

상운은 배를 부여잡고 웃었다.

하지만, 이때 상운은 알았어야 했다.

지금이 웃을 때가 아니라는 것을.

*　　　*　　　*

"여행 온 기분이네."

병실에서 생활을 내리 하다가 데뷔하게 된 상운이다.

이전에는 병원에서 한 발짝도 못 나가서 여행을 못 갔었더라면, 데뷔 이후에는 바빠서 못 갔다.

여행을 간 게 정말 손에 꼽을 정도였으니까.

오랜만에 이렇게 바람을 쐬니 마냥 기분이 들떴다.

배에 타자마자 선원이 인사말로 물어왔다.

"자, 뱃멀미해요?"

"저는 멀쩡해요."

상준은 고개를 끄덕이며 선원의 말에 답했다.

이전에 「무인도의 법칙」을 촬영했을 때도 상준 혼자 멀쩡했었으니, 이번에도 별다른 걱정은 없었다.

오히려 상준의 관심은 다른 쪽에 쏠려 있었다.

"잘 나오고 있나?"

"괜찮네."

와중에도 카메라 각도를 신경 쓰느라 여념이 없었다.

탈탈탈.

이때까지만 해도 파도를 보며 신나하던 상운은…….

"꾸에에에……."

이내 고통받았다. 대체 무인도까지 거리가 얼마나 되는지…….

배를 몇 시간을 타도 육지 비스무리한 것이 보이질 않는다.

"아… 집 가고 싶어요."

열정으로는 상운도 어딜 가서 밀리지 않았지만.

글쎄. 아무래도 상준에게는 밀리는 것 같다.

상운은 옆에서 들려오는 말에 자신의 귀를 의심했다.

"사진 찍자. 팬카페 올려야 하는데."

"…으응?"

상준은 재능까지 대여해서 각도를 잡아보려 애썼다.

기왕이면 완벽한 각도로…….

"오. 파도가 예술이네."

"우에엑… 살려주세요……."

휘청휘청.

대체 어떻게 이런 상황에서 팬카페를 생각할 수 있지.

상운은 죽어나가면서 숨을 골랐다.

상준은 그런 상운을 열심히 끌고서 카메라를 들이밀었다.

"우에에……."

"…자, 찰칵."

"끄에에엑……."

확실히 SNS에 올렸더니 반응이 뜨겁다.

—ㅋㅋㅋㅋㅋㅋㅋㅋㅋㅋㅋㅋㅋㅋㅋㅋㅋ표정 뭐임

ㄴ상준이만 멀쩡해 보이는데 ㅋㅋㅋㅋ

ㄴ옆에 동생 죽어나가잖아……. 좀 챙겨줘…….

ㄴ어림도 없지!

ㄴ공약은 상운이가 내걸었는데 상준이는 즐기고 있네;;

ㄴ이것이 상준그릴스

상준은 만족스럽게 고개를 끄덕이며 열심히 하트를 눌렀다.

제법 마음에 드는 사진도 몇 장 건졌다.

그때였다.

"오… 육지다!"

상준의 팔이 뻗은 쪽에 드디어 무인도가 드러났다.

오랜 뱃길에 죽을 맛이었던 상운은 이내 화색이 되었다.

"…대박."

행복하다. 이렇게 땅을 다시 밟게 되다니.

"감사합니다! 와아아아!"

상운은 두 팔을 벌린 채 배에서 뛰어내렸다.

암초가 가득한 무인도. 사람들이 버린 쓰레기만이 굴러다닐 뿐, 인간의 온기가 느껴지지 않는 작은 섬.

그 위를 해맑게 뛰어다니던 상운은 곧 현실을 자각했다.

"살아서 만나요!"

바래다준 선원이 즐겁게 손을 흔들며 떠나고.

"……."

상운은 천천히 고개를 돌렸다.

몇 안 되는 스태프와 상준과 상운.

겨우 이 정도밖에 안 되는 사람들이 전부인 무인도.

"내가 왜 공약을 걸었지."

상운은 그제야 상준의 말을 되새겼다.

그리고 후회했다.

*　　　　*　　　　*

—드디어 무인도 입성!

ㄴ상운이 벌써 살짝 정신 놓은 거 같은데?

ㄴ좀 맹하긴 해 ㅋㅋㅋㅋㅋㅋ

ㄴ나는 누구인가 여기는 어디인가

ㄴ딱 그 표정이네 ㅋㅋㅋㅋㅋㅋㅋ

—상준이는 벌써부터 짐 챙기고 있다

ㄴ이야 프로페셔널해

ㄴㅋㅋㅋㅋㅋㅋ무인도에 프로페셔널한 빌보드 가수

ㄴ영앤리치톨앤핸썸앤멍청… 을 보는 기분이랄까

ㄴ멍청… ㅋㅋㅋㅋㅋㅋㅋㅋ

"불을 피울까?"

상운은 멍한 정신을 깨우며 상준의 말에 뒤늦게 고개를 끄덕였다.

벌써 상준은 무인도에서 살아남기 위해 필요한 것들을 챙긴 뒤였다.

역시 본격적이다.

무인도 2회 차다운 날렵한 움직임.

상준은 나뭇가지를 모아와 놓고 라이터를 켰다.

이전에는 일일이 불을 피워야 했다면…….

이번에는 공약 기념 예능이라 그런가.

무려 세 가지의 물품을 챙겨 올 수 있게 해주었다.

"육지의 물품……."

—육지의 물품은 또 뭐임 ㅋㅋㅋㅋㅋ

ㄴ얘네 벌써 미쳐가요 ㅋㅋㅋㅋㅋ

ㄴ살짝 정신 줄 놨는데?

ㄴ본격 정신 줄 놓는 공약 실천

ㄴ차라리 108배가 낫지 않았을까.

ㄴ당연히 홍대에서 앞구르기 하면서 108배 하는 게 나았을 듯

적당히 모닥불이 타오르기 시작한다.

따뜻한 온기를 느끼기 위해 손을 가져다 댔다.

상준은 그 앞에 앉아 댓글에 공감할 수밖에 없었다.

"…아. 배고파."

벌써부터 험난한 무인도 생활이 예상되었기 때문이었다.

제2장

[외전] 생일 파티

모닥불이 타오르는 소리와 함께 상준은 주머니에서 밧줄을 꺼냈다.

슬슬 집을 만들어야 하기 때문.

은근슬쩍 상운을 향해 질문을 던졌다. 생각해 보니 세 가지 물건을 챙기랬는데 뭘 챙겼는지 물어본 적이 없었다.

"너, 세 개 뭐 적었어?"

"불이랑 물이랑……."

뒤적뒤적.

상운은 주머니에서 종이를 꺼내서 상준에게 보여주었다.

"도영이가 이렇게 쓰라던데. 유찬이도."

"엉?"

마지막에 써 있는 건 다름 아닌 상준의 이름.

상준은 두 눈을 끔뻑이며 되물었다.

"나를 챙겨?"

"형이 알아서 다 할 거라……."

"……?"

"파이팅!"

상운은 힘차게 외치며 한 걸음 뒤로 물러섰다. 멍해진 상준의 표정을 본 팬들의 채팅이 빨라졌다.

—도영이랑 유찬이가 잘못했네

—애한테 뭘 알려준 거임 ㅋㅋㅋㅋㅋ

—솔직히 무인도에는 상준이 하나만 있어도 살아남을 수 있지 ㅇㅇ

—아무렴 그렇지 ㅋㅋㅋㅋㅋㅋ

어림도 없다.

그대로 줄행랑을 치려 했던 상운은 결국 잡혀서 질질 끌려왔다.

물고기를 잡는 것부터 집 토대를 닦는 것까지.

"형, 나 환자인 거 같아. 갑자기 아픈 거 같아."

"아니야, 운동해야지."

스파르타식의 상준의 열정을 도무지 따라갈 수가 없다.

상운은 헥헥거리며 종종걸음으로 따라갔다.

온 지 반나절밖에 안 된 시간인데 벌써 10년은 흐른 기분.

—상운이 갑자기 초췌해졌는데 ㅋㅋㅋㅋㅋ

—세월을 직격으로 맞은 거 같어 ㅋㅋㅋㅋㅋ

—와 진짜 힘들어 보임

"힘들어요… 죽을 거 같아요……."

상운은 다시 한번 공약을 내걸었던 걸 후회할 수밖에 없었다.

하지만, 정신없이 돌아다닌 덕분인지 처음에는 황량하기만 했던 무인도에 온기가 돌기 시작했다.

바람에 팔랑거리는 비닐막과 그 아래를 든든하게 받치고 있는 굵은 나뭇가지. 그 아래에 살짝 들어가 본 상준은 만족스러운 듯 엄지손가락을 치켜들었다.

"오, 따뜻해."

"따뜻해?"

"딱인데."

세상 행복한 얼굴로 드러눕는 상준.

그건 본 팬들은 다시 혼란스러워졌다.

—뭐지 이 소박함은…….

—얘네 빌보드 가수인데… 왜 현지인 같죠?

—ㅋㅋㅋㅋㅋㅋㅋㅋㅋ 이쯤 되면 무인도가 체질 아냐?

물고기까지 신나게 구워 먹고 나니 어느덧 어둑어둑해진다.

캄캄한 밤하늘에, 빛이라고는 모닥불밖에 없는 어둠 속.

그제야 정신을 차린 상운이 구석에서 기타를 들고 왔다.

"…그건 또 뭐야?"

무인도에 기타라니.

상준이 머리를 긁적이자 상운이 피식 웃으며 말을 얹었다.

원래는 세 번째로 상준의 이름을 쓰려고 했는데, 사람은 물건이 아니라고 기각당했단다.

상준은 황당한 설명에 나직이 중얼거렸다.

"말 같지도 않은 소리를."

—ㅋㅋㅋㅋㅋㅋㅋㅋㅋㅋㅋㅋㅋㅋ말 같지도 않은 소리래

—상준이 의문의 물건행

—와 기타를 들고 오네 무인도에 ㄷㄷ

—뼛속까지 뮤지션인가?

—노래 들려주세요!!!

무인도에 왔으면 노래를 불러야 한다는 상운의 뜬금없는 철학.

"원래 이런 곳이 감성적이란 말이야."

"으음."

피곤한 하루였다.

아무것도 없는 무인도에서 집까지 짓고, 간신히 밥까지 먹었으니.

그럼에도 그 하루의 마지막을 노래로 마무리하는 것도 나쁘지 않을 거 같았다.

뜻밖의 라이브에 팬들의 반응은 뜨거웠다.

정식으로 준비한 예능프로그램은 아니다.

무인도로 훌쩍 떠난 것 역시, 그저 팬들의 사랑에 감사한 마음으로 준비한 것일 뿐.

그런 마음을 담아.

둘의 노래가 부드럽게 외로운 무인도를 적셨다.
디리링.
기타 소리에 너무도 어울리는 「도시」의 어쿠스틱 버전.

하지만 알았어
이 어둠에도 끝이 있다는 걸
어쩌면 어쩌면
더 환하게 빛날 수 있다는 걸

캄캄한 밤하늘 위로 어둠을 밝혀줄 별들이 환하게 쏟아졌다.

*　　　*　　　*

상준과 상운의 유닛 활동이 끝이 나고, 탑보이즈는 한결 더 바빠졌다.
정규앨범 준비부터 팬 미팅까지.
스케줄이 쉴 새 없이 짜였다.
그리고 그렇게 바쁜 스케줄에 쉼표가 되어줄 이벤트가 마련되어 있었다.
"쉿."
"사람 없지?"
탑보이즈의 숙소.
원래의 주인은 나가고 없는 자리에 손님들이 조심스레 걸어 들어왔다.

운동화를 벗어놓고선 발꿈치를 든 채 들어온 손님들.

"아직 오려면 멀었지?"

"그런 거 같은데?"

속닥속닥.

목소리를 낮춘 채 가장 먼저 들어선 건 오르비스의 해강이었다.

그 뒤로 블랙빈의 은수와 드림스트릿의 태헌이 따라 들어왔다.

마지막으로 아린까지.

"와, 숙소 죽인다."

"여기서 아이스크림 빼 먹어도 돼?"

해강은 이미 먹을 궁리에 빠져 있었다. 은수는 다급하게 손사래를 치며 그런 해강을 말렸다. 탑보이즈가 오려면 두세 시간 정도가 남았다.

그 전까지 빠르게 준비해야 했다.

사실 이들이 오늘 이 자리에 모인 이유는 단 하나였다.

"생일 파티……! 이런 거 처음 준비해 보는데."

오늘이 상준의 생일이기 때문이었다.

아린은 챙겨 온 풍선을 한 아름 꺼내놓고선 침착하게 지휘했다.

조금만 정신을 놓으면 이상한 데로 튀어버리는 해강을 제지하기 위해서였다.

"이거 맛있어 보이는데."

"아, 제발."

분명 생일 파티를 제대로 돕겠다고 따라왔으면서…….

집중력이 금붕어 수준이다.

아이큐 3이냐고 묻고 싶은 걸 참고선 해강을 향해 손짓했다.

"이리 와요."

"나?"

"아, 그럼 여기서 헛짓거리하는 사람이 선배밖에 없는데 누구겠어요."

"…켁."

해강은 인상을 찌푸리며 아린을 쏘아보았다.

상준의 생일 파티라는 명목으로 한자리에 모이긴 했지만…….

여전히 사이는 조금 불편하다.

"이거… 불면 되는 거야?"

해강은 어기적어기적 걸어와서 시키는 대로 풍선을 챙겼다.

은수는 시계를 힐끗 돌아보며 진행되는 상황을 파악했다.

여기서 이들이 열심히 생일 파티를 준비하는 동안, 시선을 끄는 건 다른 탑보이즈 멤버들의 몫이었기 때문이었다.

"거기 오늘 팬 미팅 한다며."

"탑보이즈도 곧 올걸요. 팬 미팅 거의 끝날 때 된 거 같긴 한데."

"걔네가 알아서 시간 끈다던데."

은수는 태헌과 대화를 나누며 고개를 끄덕였다.

이제 서프라이즈 파티만 잘 마무리하면 된다.

"와아! 여기다 설치할까?"

"해피 버스데이. 오… 잘 나오게 설치해 봐. 좀 더 글로벌하게."

"크, 글로벌하다."

태헌은 턱을 쓸어내리며 손뼉을 쳤다.

숙소 벽 정면에 잘 보이게 풍선을 설치하고는 다른 장식들로 화려하게 꾸미기 위해 고군분투하기 시작한다.

"리본 붙일까?"

아린과 해강은 나란히 앉아 은수가 시키는 대로 리본을 열심히 묶고 있다.

뭐, 어디라도 붙일 데가 있겠지.

해강은 그렇게 중얼거리며 아린을 힐끗 돌아보았다.

당차게 웬만한 일도 다 혼자 해내는 이미지인데…….

'리본을 못 묶나?'

아까부터 끙끙거리고 있다.

생각보다 잘되질 않는지 어그러진 리본.

해강은 혀를 내두르며 불쑥 말을 던졌다.

"하, 리본이 이게 뭐야."

"…완전 예쁘게 잘 묶었거든요."

아린은 한숨을 내쉬며 어깨를 으쓱였다.

뒤늦게 말을 더하는 모습이 영 시무룩해 보인다.

"나름……?"

"나름은 무슨. 개판인데."

해강은 헛기침을 하며 엉망이 된 리본을 다시 풀어 헤쳤다.

"두 번은 안 가르쳐 줄 거니까 보든지 말든지."

"……!"

스윽. 슥.

손을 몇 번 왔다 갔다 하는 것 같더니 그새 멀쩡한 리본이 탄생한다.

아린은 입을 떡 벌리며 저도 모르게 감탄했다.

보기와 다르게 제법 손재주가 좋다.

"봤어?"
"헷갈리긴 하는데……."
끙끙.
아린이 다시 한번 시도해 본다.
확실히 아까보단 나아진 리본에, 아린의 얼굴이 환해졌다.
해강은 그런 아린을 힐끗 돌아보며 한숨을 내쉬었다.
"와, 리본도 못 묶어."
"…너무해요."
"농담이니까 더 묶든가. 알려줬으니까 이거 네가 다 해라."
이걸 이렇게……?
일을 다 떠넘기고 도망가 버리는 해강.
아린은 해강의 뒷모습을 노려보며 투덜거렸다.
"어우, 좀생이 같아서는."
뒤늦게 자리에 앉은 태헌이 피식 웃으며 고개를 끄덕였다.
"인성이 조금 글러먹었어. 그렇지?"
"네, 완전."
아린은 리본을 다 묶고선 풍선으로 고개를 돌렸다.
그새 해강은 천장에 풍선을 붙이려고 낑낑대며 애를 쓰고 있었다.
그런 해강을 은근히 의식하는 아린.
태헌은 가운데에 앉아 의미심장한 미소를 흘렸다.
"이야, 둘이 장난 아니게 어울……."
"어, 지금 뭐 해?"
다행히 태헌의 폭탄 같은 한마디는 은수의 목소리에 묻혔다.
태헌이 아쉬운 마음에 입맛을 다시는 동안, 은수는 전화기를 고쳐 들고 물었다.

—어, 지금 팬 미팅.

수화기 너머로 선우의 목소리가 들려왔다.

행여나 상준이 들을까 봐 잔뜩 목소리를 낮춘 선우.

탑보이즈의 팬 미팅이 정확히 언제 끝나는지 알아보기 위해 건넨 전화였다.

은수는 비장한 목소리로 나직이 물었다.

"그쪽 상황은 어때?"

*　　　*　　　*

분주한 팬 미팅 현장.

잠깐 전화를 받은 선우는 이제 다시 들어가 봐야 했다.

"최대한 시간 끌어볼게. 매니저님도 알고 계시니깐."

여유 시간이 두 시간 정도는 더 필요하단다.

팬 미팅이 거의 끝나가는 타이밍이지만 어떻게 해서라도 시간을 끌어야 했다. 송준희 매니저 역시 선우의 말에 오케이 싸인을 꺼냈다.

—생일인 거 까먹게 만들어야 돼. 알지, 형?

괜히 생일인 걸 언급했다가는 깜짝 파티도 실패할 수 있다.

가급적이면 생일이라는 얘기 자체를 꺼내지 않기를 바라는 마음이었다.

"생일인 걸 까먹게 하라고?"

선우는 힐끗 고개를 돌리고선 되물었다.

—머리를 한 대 쳐서 기억을 지워.
살벌해라.
하지만 그러기엔…….
"이미 팬분들이……."
유감스럽게도 상준의 앞에는 들뜬 팬들이 줄줄이 서 있었다.
상준의 생일날 진행되는 팬 미팅.
당연히 대부분의 멘트는…….
"꺄, 상준아!"
"생일 축하해! 생일!"
"아, 네. 감사합니다!"
상준은 해맑게 고개를 숙이며 팬들을 위해 싸인을 멈추지 않았다.
은수의 말대로 머리를 한 대 치지 않는 이상, 생일인 걸 까먹지는 않을 거 같다.
상준은 마이크까지 든 채 팬들을 위해 노래를 불러주고 있었다.
"생일 축하합니다~ 생일 축하합니다~"
"꺄아아아아!"
자축 노래까지 함께.
그렇게 수십 명의 팬들이 빠르게 지나가고.
교복을 입은 여학생 하나가 두 눈을 반짝이며 상준의 앞에 앉았다.
"안녕하세요."
"생일 축하해요!"
"감사합니다. 이름이 뭐예요?"
상준은 생글거리며 빠르게 이름을 받아 적었다.
그때 학생이 의미심장한 눈길로 상준을 향해 질문을 던졌다.

"오빠, 웜톤이에요. 쿨톤이에요?"

"웜톤? 쿨톤?"

뭐, 패션인가.

상준은 진지하게 턱을 쓸어내리며 고민하기 시작했다.

선수를 친 건 학생이 먼저였다.

"저는 오빠사랑해에 사는 플랑크톤이에요!"

"꺄아아아악!"

"난 몰라!"

뒤까지 난리가 났다.

이… 이건 또 뭐지.

역시 팬 미팅은 어렵다.

상준이 충격받은 얼굴로 앉아 있는데, 옆에 앉아 있던 제현이 감탄을 터뜨리며 치고 들어왔다.

"와, 진짜 신기하다. 저 플랑크톤 처음 봐요!"

급기야 악수까지 내민다.

이해할 수 없는 드립에 상준이 혼란스러워하는 사이, 제현은 진지하게 입을 떡 벌렸다.

"그쵸!"

"와, 반갑습니다. 플랑크톤……!"

표정을 보니 진심 같은데.

팬들이 저렇게 웃는 걸 보면 아무래도 농담이라고 생각하는 것 같다.

상준은 머리를 긁적이며 작게 중얼거렸다.

"재는… 참 한결같냐."

*　　　　　*　　　　　*

슬슬 팬 미팅이 끝나가는 시간.

송준희 매니저는 초조한 마음으로 아랫입술을 깨물었다. 아까 열심히 울려대던 문자의 내용으로 봐선 시간이 턱없이 부족했다.

아직도 숙소 쪽에서는 준비가 끝나지 않은 것 같다.

"너희 아직 준비 덜 됐어?"

―시간… 시간 조금만 더 끌어주세요!

망했다.

송준희 매니저는 머리를 긁적이며 한숨을 내쉬었다.

이렇게 된 이상, 팬 미팅을 조금 더 길게 갈 수밖에.

송준희 매니저는 신속하게 뒤편으로 이동했다.

열심히 싸인을 하던 선우에게 눈짓을 보내고선 작게 속삭였다.

"앵콜 무대 갈까?"

"좋은데요?"

싸인회가 끝날 때가 되었으니, 간단히 무대라도 선보이면 어떨까.

송준희 매니저의 다급한 제안에 탑보이즈가 단체로 고개를 끄덕였다.

이 중에서 돌아가는 상황을 모르는 건 상준밖에 없었다.

"당연히 해야죠!"

그저 아무것도 모른 채 파이팅이 넘칠 뿐.

"와아아아!"

"앵콜 무대다아!"

"와, 대박. 오늘 계 탔다."

팬들은 중얼거리며 두 손을 모으고 있었다.

간단히 진행되는 앵콜 무대. 즉석에서 기타를 챙겨 온 도영이 분위기를 띄웠다.

"자, 여러분 소리 질러주세요!"

"꺄아아아악!"

"오늘 앵콜은 영원히 달립니다!"

"앵콜! 앵콜! 앵콜!"

그 시각.

팬카페엔 글 하나가 올라왔다.

[블랙빈 은수예요 :D]

상준이 형 생일 파티 하려고 지금 준비 중인데.

여러분이 시간을 끌어주세요. 무한 앵콜 알죠 알죠?

한 30분만 더 끌어주세요. 그럼 저는 마저 준비하러 ㅌㅌ

—머야?

ㄴㄷㄷㄷㄷㄷㄷㄷㄷㄷ 생일 파티 준비 중이었구나

ㄴ어쩐지 아까 애들 싸인받을 때 상준이 빼고 다 바빠 보였음 ㅋㅋㅋㅋ

ㄴ와 깜짝 놀라겠네

ㄴ상준아 인간적으로 이건 울어줘라

ㄴ그냥 신나게 케이크 먹을 타입인데 ㅋㅋㅋㅋㅋ

—팬 미팅 계신 분들 빨리 시간 끄셍 ㅇㅇ

ㄴ애들의 불타는 열정을 지켜줘야지
ㄴ지켜주자!
ㄴㅋㅋㅋㅋㅋㅋㅋㅋㅋㅋ
ㄴ지금 여기 팬 미팅인데 팬들끼리 눈빛 교환하고 난리남

팬 매니저가 눈짓을 하며 여기저기 뛰어다니자, 그제야 팬들도 고개를 끄덕이기 시작했다.

본격적으로 상준만 모르는 비밀 생일 파티 준비가 시작된 것이다.

두려웠던 거야
결국 홀로 남겨질까 봐

상준은 가장 최근에 발매한 「무인도」를 솔로로 부르기 시작했다.

마이크만 하나 있을 뿐, 근사한 콘서트장이나 음악 방송 무대는 아니었지만 최선을 다한 목소리가 울려 퍼졌다.

포기하는 게 맞는 걸까 헛된 꿈일까
수없이 스스로에게 물어왔어

팬들은 격하게 환호하며 머리 위로 손을 흔들었다.

노래 두 소절을 마친 상준은 마이크를 내려놓으며 이내 투덜거렸다.

이 노래가 큰 화제가 되는 바람에 무슨 개고생을 했던가.

"무인도에 갔는데 진짜 아무것도 없는 거예요."

"원래 무인도는 아무것도 없잖아."

"…그러게. 왜 갔을까."

상준은 고개를 절레절레 저으며 다시 한번 강조했다.

"두 번 다시 이상한 공약 같은 건 내걸지 않겠습니다."

"형, 그래서 오늘 공약 하나만 걸어줄래?"

"조용히해."

도영은 옆에서 깐족거리다가 저 멀리 밀쳐졌다.

앵콜 무대가 끝났으니 이제 또 뭐로 시간을 때워야 할까.

그 순간, 눈치를 살피던 팬들이 아무 말이나 던지기 시작했다.

"러브 포이즌 춰주세요!"

"꺄아아아아!"

"얼마 전에 인터뷰도 했잖아요! 다시 보여줘!"

"보여줘! 보여줘! 보여줘!"

"러브 포이즌이요?"

상준은 두 눈을 끔뻑이면서도 시키는 대로 바로 앞으로 튀어 나왔다.

This is my love poison
난 벗어날 수 없어

러브 포이즌의 익숙한 MR이 무대 뒤편에서 흘러나왔다.

상준은 망설임 없이 몸이 기억하고 있는 퍼포먼스를 선보였다.

한 치의 오차도 없는 완벽한 움직임.

유찬은 속으로 감탄하며 선우에게 작게 속삭였다.

"와, 편하네. 진짜 하란 대로 다 하네."
"오늘 잘하면 안 끝나겠다."
그 시각 동안 숙소의 친구들이 열심히 준비를 끝맞춰 주길 바라며.
선우는 팬들을 향해 몰래 엄지손가락을 치켜들었다.
"꺄아아아!"
앞에 나와 있는 상준만 보지 못하는 신호.
팬들은 한층 더 열광하며 앵콜을 외쳤다.
"앵콜! 앵콜! 앵콜!"
"앵콜이요?"
팬들의 환호성에 함께 달아오른 상준은 거친 숨을 내쉬면서도 고개를 끄덕였다. 그런데 어째…….
뭔가 이상하다.
"상준아, 앞구르기 보여줘!"
"네……?"
"히즈곤 불러줘!"
"아리랑! 아리랑! 아리랑!"
왜 안 끝나는 거 같지……?
상준은 무한 루프에 이내 멍해졌다.

*　　　*　　　*

결국 팬 미팅은 한 시간이 더 지나서야 끝이 났다.
상준만 보지 못한 팬카페에는 잔뜩 들뜬 팬들의 댓글이 빠르게 올라오고 있었다.

[오늘 역대급 팬 미팅이었다]

온탑들 단체로 합심해서 상준이 놀리러 온 거 같음.

절대 안 끝나더라 ㅋㅋㅋㅋ

마지막에 상준이 살짝 멘탈 나간 거 같았어.

—ㅋㅋㅋㅋㅋㅋ진짜 이건 표정을 1열에서 봤어야 함

ㄴ나한테 조용히 중얼거리던데. 이거 왜 안 끝나요?라고

ㄴㅋㅋㅋㅋㅋㅋㅋㅋㅋㅋ 송준희 매니저님 옆에서 손 흔들면서 앵콜 외치고 계심

ㄴ이분도 한패네

ㄴ이쯤되면 탑보이즈 단체로 상준이 놀리러 온 느낌

ㄴ굉장히 필사적이었음

—생일 파티가 아니라 생일빵 아냐?

ㄴ근육통 오지게 올듯

ㄴ결국 시키는 거 다 했엌ㅋㅋㅋㅋㅋㅋㅋㅋㅋ

ㄴ와 진짜 성실한 아이돌

ㄴㅇㅈㅇㅈ

ㄴ까마귀 소리까지 유찬이랑 듀엣으로 부르고 나감

—약간 이상한 거 본인도 눈치챈 거 같지 않았어?

ㄴ내가 봤을 땐 다 알고 있을 거 같은데

ㄴ맞다맞다

ㄴ다 알고 있겠지~

정말 몰랐다.
“와아아아악!”
히익.
상준은 갑자기 튀어나온 예상치 못한 얼굴들에 기겁하며 뒤로 넘어갔다. 어두운 숙소에서 탑보이즈가 오길 기다리며 숨어 있었던 친구들.
“생일 축하합니다~ 생일 축하합니다~”
케이크를 손에 든 채 천천히 걸어오는 아린.
태헌은 손뼉을 치며 크게 노래를 따라 불렀다.
은수는 생글거리며 얼떨떨해 보이는 상준에게 말을 걸었다.
“이따 블랙빈도 오기로 했어.”
“이게 다 뭐야? 언제 준비했어?”
상준은 떡 벌어진 입을 닫지 못했다.
“형 팬 미팅 할 때.”
은수의 말에 상준은 그제야 이해했다.
“아……. 그래서 끝이 안 났던 거구나.”
“살면서 그렇게 긴 팬 미팅은 처음이었지?”
“살짝 도망가고 싶었어.”
으윽.
아무래도 내일 멀쩡히 일어나긴 힘들 거 같다.
싸인 때문에 오른쪽 손목은 살짝 나간 거 같은데.
거기에 댄스부터 앞구르기까지.
개인기를 한두 개 쏟아붓고 온 게 아니었다.
“고맙다.”

상준은 천천히 숙소를 둘러보았다. 아침에 나올 때까지만 해도 잔뜩 어질러져 있던 숙소에, 형형색색의 풍선들과 리본.

그리고…….

"이건 또 뭐야?"

분수처럼 위로 솟아오르는 물줄기.

상준은 식탁 한가운데에 놓인 분수를 보고선 의아한 낯빛이 되었다.

은수는 회심의 아이템이라는 듯 두 눈을 반짝이며 다가왔다.

"이거 사이다인데. 마셔봐."

"사이다 분수?"

세상에 신기한 게 다 있다.

상준은 반사적으로 감탄하며 종이컵을 들었다.

쪼르르.

종이컵 가득 투명한 액체가 담겼다.

근데, 뭔가 이상하다.

'사이다라며.'

근데 왜 탄산이 없지?

상준은 고개를 갸우뚱하며 은수에게 되물었다.

"이거 사이다 맞아?"

킁킁.

냄새를 맡으려 하니까 은수가 다급히 막는다.

"아이, 맞지. 김빠진 사이다."

"진짜……?"

상준은 의아한 눈빛을 보내면서도 한입에 들이켰다.

청량한 느낌의 시원한 사이다가 들어올 줄 알았던 예상과는 달리.
"…아."
이 맛, 익숙하다.
상준은 인상을 찌푸리며 바닥에 엎어졌다.
탑보이즈가 광고까지 찍었던 코코넛 음료.
악마의 음료수라고 불렸던 그 모스트가…….
"왜 여기 있어!"
미친놈들이 분명하다.
어떻게 이렇게 끔찍한 음료수를 분수로 만들 수가.
초코 퐁듀 분수나 사이다 분수는 들어봤어도.
"…선 넘었지. 이리와."
생일빵은 저쪽이 맞아야 할 것 같다.
아까 전부터 생글거리던 은수는 이미 어디론가 사라지고 없었다.
상준은 물로 입을 헹구며 부들거렸다.
그나마 다행인 것은 타이밍 맞게 아린이 케이크를 내밀었기 때문.
"어때요? 맛있지 않아요?"
"저거… 음료수 누구 아이디어야?"
"…비밀."
아린은 입가에 손을 가져다 대며 천천히 고개를 돌렸다.
그리고 한 사람을 빤히 바라보는 눈빛.
신나게 과자를 뺏어 먹던 유찬은 헛기침을 하며 고개를 저었다.
"나, 아냐. 진짜로. 와, 아니라니까."
그럴 리가.
상준이 혀를 내두르자 그제야 사건의 발단을 술술 풀어낸다.

"차도영이 하자고 했어."

"왜 나를 팔아!"

"나 혼자 한 건 아니거든."

"나도 아니거든요!"

어우, 시끄러워.

상준은 양쪽에서 떠들어대는 소리에 조용히 귀를 막았다.

"이렇게 하자."

"어어?"

"뭔데?"

상준은 빠르게 상황을 정리했다.

유찬과 도영의 어깨를 나란히 토닥이며 내놓은 현명한 제안.

"…둘이 건배하자."

*　　　*　　　*

제 꾀에 둘이 나란히 넘어가 버린 도영과 유찬.

"꾸에엑……."

도영은 물을 다급히 리필하며 바닥에 주저앉았다. 유찬도 별반 다르진 않았다. 둘 다 광고 때도 그렇게 마시기 싫어하던 음료수를 원샷으로 마셨으니.

제현은 둘은 번갈아 돌아보며 혀를 찼다.

"…재밌게 논다."

"너, 뭐라 했냐."

그새 너무 많이 커버렸다.

유찬은 황당한 낯빛으로 제현에게 되물었다.

제현은 두 눈을 끔뻑이며 받아쳤다. 마치 아무 일도 없었다는 듯 순진무구한 눈빛.

"나 아무 말도 안 했는데."

"어우, 그만들 싸워라 좀."

"맞다, 그만 싸워."

선우가 타박을 던지지 않았다면 2차 대전으로 갈 뻔했다.

상준은 피식 웃으며 수북이 쌓인 상자들을 하나씩 확인했다.

팬들이 보내온 선물부터 탑보이즈, 블랙빈, 그리고 오늘의 친구들이 준비해 준 선물까지.

다 확인할 시간도 부족할 정도였다.

"이건 뭐야?"

물론 가끔씩 이해하지 못할 선물도 있었지만.

상준은 부담스러운 색깔의 무언가를 발견하곤 천천히 들어 올렸다.

나비처럼 곧게 뻗은 핑크색 날개와 반짝이는 불빛.

심지어 비눗방울까지 나오는 실용적인 선물.

버블버블 요술봉이 들어 있었다.

"…누구냐."

상준은 반사적으로 고개를 돌렸다.

동시에 침을 삼키는 멤버들 중에서도 유난히 표정이 굳어가는 한 사람.

그래, 이런 선물을 줄 사람은…….

"도영아."

"어… 어엉? 나 아닌데?"

뾰로롱.

심지어 상큼한 소리까지 난다.

상준은 두 눈을 반짝이며 도영에게 다가갔다.

"이걸로 때리라고 선물해 준 거지?"

"에이, 설마. 그럴 리가 있나."

하하.

도영은 머쓱한 웃음을 흘리며 한 걸음 뒤로 물러섰다.

도영의 말에 따르면 나름 스테디셀러란다.

특히 어른이들이 가장 좋아하는 선물이라나.

도영은 생글거리며 빠르게 사태를 수습했다.

제법 그럴싸한 말을 찾아보기 위해 머리가 열심히 돌아갔다.

"형, 동심을 찾아보는 건 어떨까?"

"너도 동심을 찾아보는 건 어떨까. 0살로 돌아가는 건 어때? 다시 흙으로 돌아가게 해줄 수는 있는데……."

"아아아아악!"

시끌벅적한 숙소 위로.

도영의 곡소리와 함께 비눗방울이 피어올랐다.

*　　　*　　　*

[여러분 생일 잘 보냈어요!! 생일 선물 주신 분들, 축하해 주신 분들 모두 감사합니다 ヽ(´▽`)/]

[사진]

탑보이즈의 공식 별스타그램에는 상준의 셀카가 올라갔다.

팬들한테 받은 선물을 인증하기 위해서이기도 했지만.

하도 주위에서 자기네들 선물도 들고 찍으라고 닦달해서였다.

특히 같은 멤버들이 더했다.

"봐봐, 반응 좋잖아."

도영은 호들갑을 떨며 댓글을 들이밀었다.

핑크색 요술봉을 들고 상큼하게 찍은 셀카라니. 상준은 이미 해탈한 얼굴로 고개를 끄덕였다.

—ㅋㅋㅋㅋㅋㅋ요술봉 누가 준 거임?

ㄴ세상에 상준이는 저런 것두 받고! 너무 좋겠다!

ㄴ저기요 영혼이 없으세요

ㄴ반짝반짝거리네ㅋㅋㅋㅋㅋ

ㄴ저거 들고 무대 뛰면 오르비스의 해강이를 상큼함으로 이길 수 있지 않을까

ㄴ어림도 없을듯

ㄴ아 해강이는 못 이기지 ㅋㅋㅋㅋㅋ

—이거 보고 저희 집 애한테 선물해 줬는데 아이가 너무 기뻐하네요^^

ㄴ애가 몇 살인데요?

ㄴ스물다섯이요^^

ㄴㅋㅋㅋㅋㅋㅋㅋㅋㅋㅋㅋㅋㅋㅋ자이언트 베이비네

ㄴ292개월밖에 안 됐어요 ㅎㅎ

—이야 상준이 너무 잘 어울린다

ㄴ저 중에 내가 준 선물도 있는데 다들 요술봉만 보고 있어 ㅠㅠ

ㄴ저거 나름 비눗방울도 나옴. 최첨단인 듯
ㄴ도영이가 준 거래요
ㄴ뭔가 저거 주고 한 대 맞았을 거 같은데

받았을 때는 그렇게 투덜거려 놓고.

막상 잘 쓰고 있는 상준이다.

댓글을 보며 혀를 내두르던 상준은 반짝거리는 불빛으로 조승현 이사를 비췄다.

반짝반짝.

이사실에 비눗방울이 떠오르기 시작한다.

"너네 제안 들어온 게 하나 있는데……."

"와, 이거 신기하다. 형, 나도 줘봐."

"이거 소리도 나."

뾰로롱.

조승현 이사는 멍한 눈길로 잔뜩 신이 난 제현과 상준을 번갈아 바라보았다. 아까부터 비눗방울이 둥둥 떠다니고 있다.

황당한 한마디가 절로 흘러나왔다.

"내가 스물일곱이랑 있는 건지 일곱 살이랑 있는 건지……."

"스무 살은 무거워서 집에 두고 왔대요!"

"…정답."

아주 잘들 논다.

조승현 이사는 한숨을 내쉬며 본론부터 들어갔다.

어차피 길게 끌어봐야 집중력만 떨어지니까.

사실 오늘 이렇게 탑보이즈를 한데 모은 이유는 하나였다.

탑보이즈에게 좋은 제안이 하나 들어왔기 때문.

케이팝의 역대급 성과를 거두면서 탑보이즈를 향한 관심은 다양한 분야로 향해 나갔다. 광고야 말할 것도 없었고. 영화 촬영 제안이 들어오기도 했다.

케이팝의 불모지였던 미국과 유럽 등에서 한류의 열풍을 이끌어온 한 편의 성공 스토리. 그 내막을 궁금해하는 이들이 많아서였다.

이 건 역시 비슷한 느낌이었다.

탑보이즈에게 직접, 그간 있었던 이야기들을 들어보고 싶은 마음에서 계획된 프로젝트.

그런데.

"이사님도 이거 들어보실래요?"

"야광봉인지 요술봉인지. 내 앞에서 치워!"

"히익."

이것들한테 이런 프로젝트를 넘긴다니.

조승현 이사는 아까부터 당겨오는 뒷목을 붙잡고 말을 뱉었다.

"너네… 책 내볼래?"

"네?"

"엥."

"그게 뭐예요. 먹는 거예요?"

하.

조승현 이사는 마음을 가라앉히며 다시 한번 강조했다.

그러니까, 사람들이 보고 싶어 하는 이야기는.

"너네들의 자서전……?"

"네?"

상준의 표정이 경악으로 물들었다.

*　　　*　　　*

탑보이즈의 자서전이라니.

더더욱이 이것들을 데리고 책을 쓰라니.

상준은 짙은 한숨을 내쉬었다.

그래도 제법 다들 짬짬이 시간을 내고 있다.

제현은 두 눈을 열심히 굴리며 볼펜을 꽉 쥐었다. 본인 말로는 초등학교 때 쓴 일기 이후로는 연필을 잡아본 적이 없다던데.

"정말 걱정된다."

음악방송 대기실에 앉아 있던 상준은 저도 모르게 중얼거렸다.

물론 걱정되는 건 멤버들뿐만 아니라 본인도 마찬가지였다.

처음에는 자신감이 넘쳤는데 막상 쓰려 하니 뭐를 써야 할지. 머릿속이 그새 하얘진 것 같았다.

"으음."

상준은 턱을 쓸어내리며 한참을 고민했다.

탑보이즈와 지금의 상준을 여기까지 끌어올려 준 데에는…….

역시 그 단어를 빼놓을 수 없지 않을까.

열정이란 무엇인가.

한 몸을 불타오르게 하고, 쉬지 않고 나아가게 만드는…….

"뭐야? 교장 선생님 훈화 말씀이야?"
망할.
상준은 익숙한 목소리에 인상을 찌푸리며 고개를 들었다.
도영이 진지한 얼굴로 상준이 쓴 글을 따라 읽고 있었다.
"열정이란 무엇인가. 뭔가 되게 철학적이라니깐."
"시… 시끄러워."
"이거 철학자 있지 않아? 나 철학자 아는 사람 있는데! 칸… 칸……."
"칸쵸!"
그럴 리가.
제현의 해맑은 대답을 들은 유찬은 조용히 한숨을 내쉬었다.
"맞네. 칸쵸 맛있지."
물론 그게 이상하다는 걸 눈치챈 사람은 유찬 말고는 없는 것 같았다.
일단 손으로라도 끄적여 보라며 조승현 이사가 A4 용지를 하나씩 던져주긴 했는데 벌써부터 제대로 채운 사람은 아무도 없었다.
나름 마케팅의 일종이라며 최선을 다해 써보라고는 했지만…….
놀랍게도 이게 나름 최선이었다.
상준은 억울하다는 듯 종이를 손으로 가리며 도영에게 말을 던졌다.
"너는 뭐 썼는데?"
"나 죽여주게 썼지. 형, 보고 울 수도 있는데. 막 감격해서."
도영은 허세를 떨며 말을 더했다.
어제 은수에게 이 내용을 보여줬는데 진짜 울었단다.
"웃다가 울더라."

"그건… 어이가 없어서 운 거겠지."

대체 뭘 썼길래.

상준은 불안한 심정으로 도영의 종이를 건네받았다.

제법 다섯 줄 넘게 빼곡히 써 온 도영.

하지만, 첫 줄을 읽은 순간.

기특하던 마음은 저 하늘로 증발해 버렸다.

'이건 또 무슨 자화자찬이야?'

워낙 자기애가 강한 녀석이긴 하지만.

이 정도일 줄은…….

발보드 핫 100 가수, 그래미 어워드 수상자를 넘어…….

자칭 작곡 천재, 비주얼 만렙, 훈훈한 인성의 스타 가수 차도영을 알아보자.

"…그만 알아보자."

"아, 왜!"

상준의 단호한 한마디에 도영이 억울하다는 듯이 소리를 내질렀다.

아니, 대체 뭐가 억울한 거야.

양심이 있는 거야, 없는 거야.

상준은 도영을 지그시 응시하며 하나씩 짚어나갔다.

이 멘트들의 문제점을.

"작곡 천재… 그럴 수 있어."

뭐, 피아노는 제법 잘 친다. 유찬을 따라 작곡도 열심히 하려고 하고.

천재의 정의가 그건 아닌 것 같지만 어쨌든.

"비주얼 만렙… 흠."

상준은 도영을 살짝 올려다보고는 고개를 끄덕였다.

"뭐, 그럴 수 있어."

물론 전 국민이 공감하기엔 다소 힘든 사안이지만.

문제는 마지막 줄이다.

상준은 어이가 없다는 듯이 웃음을 터뜨렸다.

"훈훈한 인성은 좀 아니지 않아?"

"인성은 빼자."

유찬 역시 머리를 긁적이며 묵직한 말을 던졌다.

"그건 솔직히 사기죄야."

"맞아. 허언은 출판할 수 없지."

상준은 단호하게 말을 더했다. 도영은 입을 떡 벌린 채 억울함을 호소했다. 다 가능성이 있는 문장이라나. 특히 인성은 이미 갖추었단다.

"인성만 부족한 줄 알았는데 양심도 조금… 부족하네."

"다 들린다, 엄유찬."

"아, 죄송."

유찬은 나직이 내뱉은 말을 주워 담으며 손사래를 쳤다.

유찬의 시선은 다음 희생양으로 향했다. 아까부터 말없이 열심히 제 자서전을 쓰고 있는 제현이었다.

저렇게 집중하고 있는 모습은 오랜만이다.

얼마나 대단한 것을 쓰고 있길래.

상준 역시 침을 삼키며 제현에게 가까이 다가갔다.

그런데.

'이 첫 문장은 뭐야?'

나는 막대 사탕을 좋아하는 평범한 학생이었다.

"…지금도 그렇잖아."

"어, 그러네."

"그러면 변한 게 없는 거 아냐?"

아, 맞다.

제현은 뒤늦게 탄성을 터뜨렸다.

그다음 문장은 더 가관이었다.

하지만, 나는 최연소 그래민 어워드 수상자다.

"그래민은… 뭐냐. 네 친구야?"

"아, 잘못 쓴 거야."

스윽. 슥.

제현은 별거를 다 트집 잡는다고 중얼거리더니 지우개를 들었다.

그 순간, 상준의 눈에 들어온 마지막 문장.

뿌듯하다.

이건 또 뭐야.

상준은 탄식과 함께 말을 뱉었다.

"뿌듯… 했구나."

"우리 제현이가 뿌듯하셨구나."

푸흡.

도영은 웃음을 참지 못하고 앞으로 고꾸라졌다. 보다 못한 유찬이 타박을 던졌다. 명색이 자서전인데 이 정도의 멘트라니. 한숨이 절로 나올 수밖에 없다.

"다 개판이야, 아주 그냥."

"야, 제현이 열심히 썼대."

"초등학생이 와서 써도 너보단 잘쓰겠다."

차마 부정할 수 없는 유찬의 팩폭.

상준은 턱을 괸 채 깊은 고민에 빠졌다.

"이거… 잘 나올 수 있을까."

벌써부터 불안해졌다.

* * *

「BE THE TOP, '탑보이즈 자서전' 케이팝의 발자취를 되돌아보다」

「탑보이즈 에세이, 출간과 동시에 베스트셀러 등극」

「팬심을 휩쓸어 버린 탑보이즈의 이야기, 그 내용은?」

오픈과 동시에 엄청난 화제를 몰고 와서일까.

온갖 커뮤니티에 탑보이즈의 자서전 애기로 가득했다.

[탑보이즈 자서전 후기 들고 옴]

하도 재밌다길래 읽어보았음. 이건 거의 자서전이 아니라 개그물임.

일단 제현이의 막대 사탕 사랑을 엿볼 수 있고, 유찬이의 쓸데없는 진지함을 볼 수 있음…….

도영이는……. 하. 얘는 뭘까;;

+선우는 여기서도 침착함. 거의 보면서 눈물 버튼임. 짠하게 글을 쓰는 능력이 있는 걸까.

—얘는 뭘까 ㅋㅋㅋㅋㅋㅋㅋㅋㅋㅋ

ㄴ도영이 파트 읽어보면 그 소리가 절로 나와

ㄴ얘는 누굴까. 어떻게 이럴 수 있을까

ㄴ그치만 밉지 않은 허세지 우리 도영이는 ㅠㅠ

—근데 자기 자랑은 의외로 제현이가 소질 있음

ㄴㅋㅋㅋㅋㅋㅋㅋㅋ막대 사탕 한 단락 후 그래미 어워드 한 단락

ㄴ그다음은 빌보드 얘기 나온 다음에 다시 막대 사탕으로 돌아감 ㅋㅋㅋ

ㄴ결론이 요새는 젤리에 꽂혔다임

ㄴㅇㄱㄹㅇ

막상 처음 썼을 때는 이걸 어떻게 낼 수 있을까 싶은 수준이었지만.

온갖 열정을 쏟아부어서일까. 결과물은 생각보다 괜찮게 나왔다.

대부분의 사이트에서 호평이었다.

적절히 탑보이즈의 매력들을 녹아낸 분위기와, 그 속에서 담

아낸 감동 스토리.

그것이 대중들을 사로잡았다.

[탑보이즈 자서전 후기 2탄]

일단 대체적으로 스토리는 애들 연습생 시절부터 힘들었을 때까지 다 나옴. 무대 위에서 마음가짐? 이런 거 보는데. 되게 멋있고 재밌게 읽었음. 근데 나는 그중에서도 상준이 구절이 젤 여운이 남더라.

그래서 가져와 봄!

*　　　*　　　*

인생은 후회의 연속이다.

'지금 오성서울병원 응급실에…….'

'상운이 제발 좀 살려주세요……. 할 수 있잖아요. 저 진짜 이렇게 살 자신 없어요……. 어떻게든 좋으니까 한 번만이라도…….'

막아내지 못했다는 후회.

'네 미래를 생각해서라도 놓아주는 게 맞으니. 이쯤에서 관둬라, 너도.'

포기하지 못했다는 후회.

내 분수를 알지 못했다는 후회.

"후."

하지만, 그 후회를 조금만 뒤집으면…….

지난 실수를 만회할 기회가 오지 않을까.

여느 때처럼 활기찬 산책길.

상준은 헐떡이는 숨을 고르며 운동화 끈을 묶었다.

천천히 고개를 드는 상준.

"……."

오늘따라 푸른 하늘이 한층 더 새파랗게 느껴진다. 상준은 손바닥을 펼쳐 햇살을 반쯤 가렸다. 잠깐 산책을 나오긴 했지만, 보컬 수업까지 시간이 얼마 남지 않았다.

"…이제 가야지."

상준은 콧노래를 흥얼거리며 다시 발을 내디뎠다.

후에 또다시 찾아올 기회를 잡기 위해.

•

제3장

[외전] 멤버들의 어린 시절

해당 외전 작중 배경은 2009년입니다.

나이, 사는 지역 등이 모두 달라 만나기 힘든 환경이지만, 만났을 거라는 가정하에 진행되는 IF 외전인 점 참고바랍니다.

방마다 피아노를 배우는 아이들이 분주한 피아노 음악학원.

상준은 하얀 건반 위에 손을 얹어놓고선 침을 삼켰다.

"치… 면 돼요?"

"어, 한번 해볼래?"

무려 이 주 내내 이 곡만 붙들고 연습했다.

소나티네 1번 1악장.

두툼했던 교재의 첫 페이지는 이미 벌써 너덜너덜해져 있었다. 상준이 긴장한 얼굴로 두 눈을 끔뻑이자, 피아노 선생이 먼저 연습 노트를 꺼냈다.

연습한 횟수만큼 사과를 색칠해야 하는 연습 노트.

지난주에 두 줄이나 숙제로 내줬는데 제대로 해 왔는지 모르겠다.

"사과 색칠했어?"

"네!"

"색칠만 한 거 아니고?"

"아, 아닌데요."

도리도리.

진짜 억울한지 격하게 고개를 흔들어댄다.

피아노 선생은 피식 웃으며 믿어주기로 했다.

겨우 열 살.

학원에 있는 아이들 중에서도 어린 나이에 속하지만, 여러모로 그녀의 시선을 사로잡는 아이였다.

실력이? 아니었다.

사실 소나티네 1번은 더 어린 나이에 나가는 친구들도 꽤 많았다.

요새는 워낙 조기교육이 유행이라 여덟 살에도 놀라울 만큼 피아노를 치는 친구들이 넘쳐나기도 했고. 단순히 재능 있다고 판단하기에는 어딘가 어설픈 실력이 애매하게 느껴졌다.

그럼에도 학원에 소문이 난 이유는.

엄청난 집중력 때문이었다.

마치 곡 하나를 부숴 버릴 듯이 쉬지 않고 치는 느낌이랄까.

안 되는 파트는 될 때까지 하고. 틀리면 집에 가지 않으려 했다.

그에 비해 실력이 빨리 느는지는 쉽게 단언하기 어려웠지만.

그래도 매일이 기대되는 아이였다.

저 나이에 저 정도로 노력하는 친구들은 흔치 않으니까.

피아노 선생은 악보를 펼쳐두고 옆에서 기다렸다.

"후하……. 저 준비됐어요!"

상준은 숨을 들이마시고는 피아노를 치기 시작했다.

어제도 하루 종일 연습했던 곡이다.

소나티네 1번.

상준의 기준으로는 너무도 어려운 곡이 그의 손가락에서 탄생했다.

디리링.

한 음 한 음을 놓치지 않으려는 신중한 태도.

경쾌한 멜로디가 피아노 건반 위를 타고 통통 흘러내렸다.

피아노 선생은 속으로 감탄할 수밖에 없었다.

지난주까지 이 곡 도입부 악보조차 제대로 읽지 못해서 끙끙댔는데, 이렇게 수월하게 넘어간다니. 멜로디가 끊김 없이 부드럽게 흘러간다.

곡에 감정을 넣기 위해 강약 조절을 하려는 노력까지 돋보인다.

순전히 연습의 결과물임이 틀림없었다.

처음 이 곡을 접했을 때는 전혀 이렇지 않았으니까.

아니, 두세 번을 연달아 쳤을 때도 그랬다.

집에 가기 전까지 여기서 몇 시간을 연습했지만 곡이 느는 속도는 더뎠다. 그런데 이 정도로 해내다니.

얼마나 연습했을지는 보지 않아도 뻔했다.

숙제로는 사과 채우기를 두 줄을 내줬는데, 실제로는 몇 배로 색칠되어 있었다.

조금은 어설프지만 완벽한 연주.

그 자체로도 감탄하기엔 충분했다.

하지만, 그녀가 진짜 놀란 이유는 따로 있었다.

'안 보고 치잖아?'

아예 악보는 보지도 않는다.

건반에 온 신경을 집중한 채, 사소한 실수도 내지 않으려 노력하는 모습.

두두둥.

연주가 끝이 나자마자 피아노 선생은 놀란 표정으로 상준의 팔을 붙들었다. 아무리 봐도 악보를 보고 친 시선 처리는 아니었다.

"너, 이거 외운 거야?"

"네. 저 외울 수도 있어요!"

"천재네. 벌써 이렇게 잘 치네."

진심이었다.

물론 천재라고 불리기 위해 이 곡을 하루 종일 팠을 거라는 걸 모르진 않았지만. 괜히 기특한 마음에 잠깐 나갔다 온 피아노 선생은 메론 아이스크림을 내밀었다.

"이거 먹을래?"

"넹!"

거절은 안 한다.

상준은 해맑게 좋아하며 아이스크림을 받아 들었다.

칭찬은 계속해서 이어졌다.

"원래 연습할 때 외워? 곡들 다?"

"아뇨. 그건 아닌데……."

아이스크림 한 입을 베어 문 상준은 고개를 저었다.

"구냥 연습하다 보니까 외워졌어요."
"와, 대단하다."
토닥토닥.
칭찬은 고래도 춤추게 한다고 했던가.
칭찬해 줬더니 아까보다 더 좋아하는 것 같다. 피아노 선생은 흐뭇한 미소를 지으며 새로운 악보를 꺼내놓았다.
이 정도면 진도를 조금 더 빠르게 나가도 될 것 같았다.
아무리 어려운 곡이래도 끝까지 최선을 다할 아이니까.
그렇게 생각하며 준비해 온 악보를 상준에게 보여줄 때였다.
"……!"
갑자기 건너편 방에서 웅장하게 울려 퍼지는 피아노 소리.
쇼팽의 흑건이 물 흐르듯 매끄럽게 흘러갔다.
이 시간대에 올 사람은 어린애들밖에 없을 텐데.
이건 애들의 솜씨가 아니다.
"뭐지?"
피아노 선생은 홀린 듯 자리에서 벌떡 일어났다.
한 치의 실수도 없이 정확하게 음을 짚어내는 연주. 지나가던 사람도 돌아보게 만들 호소력 깊은 연주에 절로 입이 벌어졌다.
흑건은 원래도 유명한 곡이다.
오른손이 검은 건반만 연주해서 흑건이라 불리우는 쇼팽의 곡.
피아노를 좀 친다 하는 친구들이 자주 도전하는 곡이기도 했다.
유명 영화에도 OST로 나오면서 피아노를 하는 친구들이라면, 누구나 한 번쯤은 들어봤을 곡이었다.
그녀 역시 그만큼 수도 없이 들어왔지만.

"미쳤다……."

오늘 들은 곡은 조금 달랐다.

감정을 실어 넣은 듯한 완벽한 연주. 전공자라고 해도 믿을 정도의 상당한 실력.

벌컥.

문을 열어젖힌 피아노 선생은 두 번 놀랄 수밖에 없었다.

"……."

쇼팽의 혹건을 몰입해서 치고 있는 아이가 상준보다도 어려 보이는 꼬마 아이였기 때문이었다. 작은 체구로 피아노에 앉아 혼신의 힘을 쏟아내듯 집중한 얼굴.

연주를 듣고 달려온 아이들이 감탄을 터뜨렸다.

"와, 걔는 뭐야?"

"새로 온 애인 거 같은데."

"저… 저 노래 들어본 거 같은데!"

"흑건이잖아. 흑건!"

"와, 진짜 멋있다. 대박."

상준은 아이스크림을 입에 문 채 피아노 선생을 올려다보았다.

이미 반쯤 혼이 나간 얼굴이다. 이 곡의 연주자가 어린아이일 줄은 몰랐다는 눈빛. 피아노 선생은 떨리는 목소리로 말을 뱉었다.

"너… 몇 살이야?"

대답은 상준이 먼저였다.

"일곱 살이요. 제 동생인데요."

"네 동생이야? 진짜로?"

피아노 선생의 다급한 물음에 상준이 고개를 끄덕였다.

피아노를 배우고 있는 상준을 따라오겠다고 난리를 치는 바람에 오늘 데리고 왔다.

"저 따라온 건데요."

안타깝게도 상준의 말은 피아노 선생에게 닿지 못했다.

연주가 끝나자마자 물밀듯이 밀려온 아이들에 온통 정신이 쏠렸기 때문이었다.

"너, 이름이 뭐야?"

"나상운."

"네가 친 거야? 알려줘! 알려줘!"

어린 애들부터 시작해서 초등학교 고학년 친구들도 넋이 나간 얼굴이다. 아직 초등학교 입학도 안 한 일곱 살이 저런 곡을 쳤다는 것이.

"와, 재 진짜 천재인가 봐."

여기서 맏형인 6학년 하나가 놀란 얼굴로 중얼거렸다.

오죽하면 옆방에서 연주를 듣다가 밖으로 뛰쳐나왔다.

살면서 저런 흑건은 들어본 적이 없었으니까.

저걸 저렇게 어린애가 치는 것도 처음 봤고.

"피아노 배운 적은?"

"집에서……?"

"악보는 어디서 배웠는데?"

"형 하는 거 보고요!"

온통 상운의 쪽으로 쏠려 버린 관심.

아까 전까지 상준을 칭찬했던 피아노 선생은 연신 감탄을 토해내며 격하게 상운을 붙들었다.

"이야, 너 재능 있다."
"네?"
"이쪽으로 나갈 생각은 없어?"
거기에 아이들까지 말을 얹는다.
"와아아아아!"
"피아니스트 하자!"
한 발짝 뒤에서 시무룩한 얼굴로 그걸 지켜보고 있던 상준은…….
"흐엥……."
툭.
결국 아이스크림을 바닥에 떨구고 말았다.

*　　　*　　　*

상준은 하얀 이어폰을 귀에 꽂고선 콧노래를 흥얼거렸다.
MP3에서 나오는 최신 가요들.
피아노도 피아노지만, 상준은 가요를 가장 좋아했다.
"으으음. 노래 좋다."
"뭔데?"
상운은 두 눈을 끔뻑이며 이어폰 한쪽을 귀에 꽂았다.
거실 한쪽에는 얼마 전에 새로 산 키보드가 놓여 있었다.
록 계열의 신나는 템포가 어깨를 들썩이게 만드는 곡.
상운은 저도 모르게 고개를 까닥이며 키보드에 손을 올렸다.
상준은 의아한 낯빛으로 물었다.
"뭐 하게?"

"이거 반주해 볼까?"
"반주?"
상준의 물음에 상운은 행동으로 답했다.
MP3에서 흘러나오는 노래를 그대로 따라 치는 능력.
크게 고민하지도 않았다.
마치 라디오처럼, MP3처럼.
낯선 노래의 멜로디가 자연스럽게 흘러나왔다.
'악보도 없는데 어떻게 피아노를 치지?'
상준은 충격에 빠진 얼굴로 멍하니 상운의 연주를 들었다.
조그마한 손으로 정신없이 키보드를 오고 가며 기분 좋은 멜로디를 만들어낸다.
즉석에서 저게 바로 나오다니.
그저 놀라운 기술이었다. 피아노 학원에서는 저런 걸 배운 적이 없었기에, 상준의 두 눈이 반짝이기 시작했다.
배우고 싶어졌다.
"어떻게 하는 거야?"
다급한 목소리가 상운을 붙들었다.
"나도 알려줘!"
"그냥 하는 건데……."
"아, 알려줘."
"귀찮은데……."
퍽.
괜히 드러누우려다가 상준에게 얻어맞은 상운은 빠르게 도망가려 했다.

"엄마……!"

상운이 빠져나가려는 순간.

상준은 검지손가락을 입에 가져다 대며 목소리를 낮췄다.

쉿.

"알려주면 메이풀 한 시간 하게 해줄게."

"오… 오케이."

상운을 설득하는 건 생각보다 단순했다.

메이풀 하나에 바로 넘어간 덕에 상준은 본격적으로 학습 모드가 되었다. 대체 어떻게 하면 들리는 노래를 바로 피아노로 칠 수 있는 걸까.

상운은 MP3를 집어 들더니 첫 번째 소절로 옮겼다.

"형, 봐봐."

"어엉."

두두둥.

일렉기타 소리와 함께 빠르게 치고 들어가는 첫 소절.

상운은 그 소절을 그대로 피아노에 옮겨 나갔다.

"들으면……. 뭐가 들려?"

"노래가?"

"아니! 들으면 들리잖아!"

"응?"

"아니, 들어봐봐. 딱 봐도 이 음이잖아."

"…응?"

이게 뭔 소리지.

상준은 머리를 긁적이며 다시 MP3를 꺼내 들었다.

아무리 들어도 이 음이 저 음인지 잘 모르겠다.

하나씩 치는 거면 또 몰라.

"이 반주가 저 반주잖아."

"……."

"나 놀러 가도 돼? 나 메이플 할 거야."

상운은 집중력이 바닥났는지 자리에서 벌떡 일어났다. 알려준답시고 알려주긴 했으니 말릴 수는 없다.

총총총.

빠르게 컴퓨터 방으로 향하는 상운.

문밖으로 고개를 내밀고선 뒤늦게 물었다.

"나 보스 잡아도 돼?"

"맘대로 해!"

보스를 잡든 잡아먹든.

지금 그게 중요한 게 아니었다.

상준의 관심은 주황버섯이랑 슬라임이 아니라 눈앞의 이 키보드에 쏠려 있었으니까.

띵동댕동.

수십 번 넘게 노래를 반복하면서 키보드를 눌러봤다.

"이 음 아닌 거 같은데."

온갖 음이 뒤섞인 듯한 묘한 노래.

그걸 피아노로 치는 일이 쉬울 리가 없었다.

동동.

그렇게 상운이 보스를 잡을 때까지.

한참 동안 피아노를 두들기던 상준은 제풀에 꺾여 엎어졌다.

분명 최선을 다했는데.

완곡을 따라 치기는커녕 첫 소절을 커버하는 것조차 쉽지 않았다.

"하… 때려쳐."

아무래도 저 하얗고 검은 건반과는 안 맞는 것 같다고 다짐하면서.

…어딘가 슬퍼진 상준이었다.

*　　　*　　　*

"와아아아악!"

시끄러운 말소리가 끊이지 않는 곳.

상준은 두 눈을 반짝이며 유리문을 열고 뛰어 들어갔다.

피아노 학원에 가기 전 짬을 내어 달려온 이곳은, 색색깔의 트램펄린이 가득한 실내 놀이터 방방이었다.

"두 시간이요."

상준은 상운을 데리고 주머니에서 지갑을 꺼냈다. 이미 방방 안은 학교를 마치고 온 애들로 가득했다.

천장의 스피커에선 노랫소리가 흘러나오고, 화려한 조명이 반짝였다. 어린아이들의 클럽이나 다름없는 비주얼이다.

대낮인데도 아이들을 열광하게 만들 만한 분위기.

새로 생겼다더니 시설이 장난이 아니다.

널찍한 방방을 힐끗 돌아본 상준은 상운을 재촉했다.

"가자, 가자!"

와아아악.

곧바로 달려가서 트램펄린 위에 몸을 던지자마자 자동으로 튀어

올랐다. 상준은 동네 방방을 여러 번 가봤지만 상운은 아니었다.

방방에 처음 와본 상운은 신기하다는 듯이 두리번대느라 정신이 없었다.

연령대도 다양하지만 노는 방법도 다양했다.

"형, 저 사람… 막 뒤로 넘어."

"우와……."

초등학교 고학년으로 보이는 어떤 형은 공중에서 튀어 오르더니 웬 묘기를 선보이고 있다. 상운은 입을 떡 벌리고선 그걸 지켜보고 있었다.

다 좋은데…….

"끄악!"

"네가 날아가면 어떡하냐."

이런 곳에서는 필연적으로 어린애들이 날아간다는 것.

상준은 아까부터 굴러다니는 상운을 잡아 세웠다.

그때였다.

유리문이 벌컥 열리자마자 속사포로 쏟아지는 말소리가 들려왔다.

새로운 친구가 왔나.

상준은 호기심 가득한 눈짓을 보냈다.

"와아아아악! 아저씨, 저 기억하시죠. 저 지난주에 왔었는데. 오늘 불도 꺼주시는 거예요? 저 세 시간 뛰고 갈 건데."

"어어, 오늘도 왔어?"

"그럼요. 제가 여기서 열심히 뛰면 땅끝 마을… 그 암튼 거기까지 가요."

"알지, 알지."

어린나이에도 이목구비가 또렷한 동글동글한 얼굴이 고개를 내밀었다. 대충 봐선 상운이랑 비슷한 나이 같은데. 청재킷을 입고 들어온 애는 상운보다 배로 정신이 없었다. 정말 사소한 일에도 호들갑을 떨고 있다.

상준은 두 눈을 굴리며 그쪽을 응시했다.

"와아아아악!"

어우, 정신없어.

이쪽으로 후다다닥 뛰어온 애는 멍하니 서 있는 상준을 힐끗 바라보았다. 그러곤 문을 막고 서 있던 상준을 밀어대면서 투덜거렸다.

"아 좀, 비켜봐."

꼬맹이가 진짜.

상준은 어이없다는 듯이 말을 던졌다.

"너, 몇 살이야?"

"일곱 살인데."

"어, 내 동생이랑 동갑이네."

"에……? 진짜요?"

눈치를 보더니 은근슬쩍 존댓말로 바꾼다.

하지만, 그것도 잠시. 원래도 말이 많은 성격인 건지 친화력이 좋은 건지. 정신 사납게 통통거리던 남자애는 갑자기 제 자랑을 늘어놓기 시작했다.

"그런데 혹시 저 알아요?"

"…너를?"

"아니, 저 본 적 없어요? 저 TV에도 나오는 연예인인데. 사실 되게 잘나간단 말이야."

아무리 봐도 본 적이 없는 얼굴이다.
상준은 머리를 긁적이며 의아한 눈빛을 보냈다.
"모르겠는데?"
상준의 한마디에 급격히 시무룩해진 얼굴.
아이는 팔다리를 휘저으며 유치원 명찰을 손으로 가리켰다.
"아니, 어떻게 모를 수가 있지?"
명찰에 박혀 있는 이름.
"저 차도영인데요."

*　　　*　　　*

말하는 뉘앙스만 봤을 때는 무슨 슈퍼스타인 줄 알았다.
도영은 두 눈을 반짝이며 제 할 말을 계속 쏟아냈다.
"얼마 전에 KBC에서 한 드라마 봤어요?"
"드라마?"
"제빵왕 강서울 몰라요?"
제빵왕 강서울이면…….
최근에 시청률 40프로 가까이 찍은 그 드라마를 말하는 건가?
상준의 두 눈이 동그래졌다.
"제가 거기서 악역으로 나왔는데요. 대박이죠?"
"악역이 아니라, 아역 아니었을까?"
"그게 그거잖아. 멍청아."
"멍청이는 너겠지."
뒤편에서 야광 팔찌를 흔들어대던 남자아이 하나가 불쑥 다가와 팩트로 때리기 시작했다. 도영은 인상을 찌푸리며 뒤에서 다가온 아이를 반사적으로 노려보았다.

"……!"

패션부터 또래 아이들과는 다르게 확 튀는 느낌.

도영과는 초면인 유찬이었다.

특별 출연으로 잠깐 드라마에 나온 도영과는 달리, 실제로 아역 활동을 하고 있던 유찬은 어이없다는 듯 웃음을 흘렸다.

그러고는 멍하니 서 있는 상운을 향해 싱긋 웃었다.

"나도 티비 나왔거든. 미리 싸인해 줄까?"

그러면서 줄줄 자기가 출연한 드라마를 읊는다.

상준조차 몇 번 들어본 드라마.

도영은 납득이 가지 않는다는 얼굴로 어깨를 으쓱였다.

"네가 연예인이라고?"

"아, 맞거든."

"말도 안 되는 소리 하지 마."

도영은 한숨을 내쉬며 이마를 손으로 짚었다. 상운은 둘의 시끄러운 논쟁에 이미 혼이 살짝 나간 듯 상준을 올려다보았다.

"얘네 다 허언증 같아."

"에이, 친구들한테 그런 말 하는 거 아냐."

"나… 저런 친구들 둔 적 없는데."

상운은 반사적으로 고개를 저었다.

"좀 부끄러운 스타일들이잖아."

켁.

상준은 솔직한 상운의 말에 헛기침을 터뜨렸지만 다행히 도영과 유찬은 그 말을 듣지 못한 것 같았다. 여전히 비슷한 이유로 싸우고 있었기 때문. 도영은 언성을 높이며 웃음을 흘렸다.

"네가 무슨 연예인이냐. 네가 연예인이면 나는 빌… 머시기 1등 하는 가수다!"

이건 대체.

팔짝팔짝 트램펄린 위에서 뛰면서도 할 말은 다한다.

그러고는 상준을 향해 뒤늦게 말을 더하는 도영이다.

"그런데 우리 엄마가 저 가수 하면 잘할 거 같대요."

노래 실력은 모르겠지만 저 정도의 목청이면 떠드는 건 잘할 거 같다.

그렇게 생각하며 꿈을 응원하려는데…….

또다시 묵직한 한마디가 치고 들어왔다.

역시나 유찬이었다.

"그건 너네 엄마라서 그런 거야."

"시끄러워!"

뭐, 틀린 말은 아니지.

유찬이가 쏘아 올린 한마디에 둘은 다시 싸우기 시작했다.

가운데 끼어 있어 봐야 혼이 나갈 것 같다.

상준은 상운을 데리고 저 시끄러운 애들한테서 벗어나기로 마음먹었다.

"저쪽으로 갈까?"

표정을 보니 같은 생각인 것 같다.

상운은 둘의 눈치를 보며 고개를 격하게 끄덕였다.

와중에도 둘은 투닥거리면서 잘 놀고 있다.

"싸인 뭔데? 보여주든가."

"아, 아직 안 만들었다고 했잖아. 멍청아. 너는 아이큐가 금붕어냐?"

"넌 말미잘이잖아."

"너, 말미잘 어떻게 생겼는지 모르잖아."

"너어는… 진짜 나빴어."

결국 말싸움은 도영 쪽이 진 걸로.

상준은 다급히 상운을 데리고 옆으로 넘어갔다.

저쪽은 경사가 져서 고학년들이 신나게 노는 방이라면, 이쪽은 좀 어린 친구들이 뛰어노는 유아방이었다.

사실 어린 애들도 이쪽은 별로 재미없다고 찾질 않는데…….

"어?"

상준은 사람이 있는 걸 확인하고는 힐끗 확인했다.

한 명은 상준과 비슷한 나이대로 보이는데.

인상 좋고 착해 보이는 얼굴.

상준은 고개를 빼꼼 내밀고선 상운을 데리고 안으로 들어갔다.

그 옆에서 가만히 앉아 있는 애는 한눈에 봐도 훨씬 어려 보였다.

동생을 데리고 온 건가.

"동생이야?"

"아니, 여기서 만났는데."

선우는 고개를 저으며 제현의 머리를 토닥였다.

트램펄린 구석에 나란히 앉아 있는 이유는, 제현이 생각보다 트램펄린을 무서워했기 때문이었다.

"너무 높다고 무서워해서. 이쪽으로 데리고 왔어."

막대 사탕까지 쥐여줬더니 얌전히 잘 먹는다.

제현은 두 눈을 반짝이며 고개를 끄덕였다.

아까 열심히 트램펄린 위에서 굴러다니더니 이내 무서워진 모양. 선우는 손을 내밀어 제현을 앞으로 끌었다.

"뛰어볼래?"

"어엉."

제현은 막대 사탕을 입에 문 채 경계 어린 눈빛으로 걸어 나왔다. 아까처럼 뒤로 넘어질까 봐 잔뜩 긴장한 얼굴. 이내, 주먹을 꼭 쥔 채 다짐하는 제현이다. 얼마 전에 다섯 살이 되었으니 이제 조금 더 강해졌다.

제현의 웅얼거리는 한마디가 트램펄린 위로 울려 퍼졌다.

"다섯 살은 뛸 수 이써."

"다섯 살은 뛸 수 있어?"

상준은 다섯 살답지 않게 결연한 눈빛에 저도 모르게 웃음을 터뜨렸다. 제현은 상준의 물음에 단호하게 답했다.

"어엉. 이제 다 컸으니깐 할 수 이써."

하지만, 그것도 잠시.

옆에서 상준과 상운이 뛰자마자 바로 균형을 잃고 굴러간다.

데구르르.

제현은 시무룩한 얼굴로 구석에 처박혔다.

"뛸 수 업서……."

결국 포기하고 굴러다니기로 마음먹은 것 같다.

"그냥 안 할래."

포기가 빠르다.

콜라 맛 막대 사탕이 더 맛있었는지 아예 자리를 잡고 있다.

그걸 지켜보고 있던 선우가 자신감 있게 앞으로 뛰어나왔다.
"형이 앞구르기 하는 거 보여줄까?"
"……."
대답은 없지만 싫지는 않은지, 천천히 고개를 끄덕이는 제현이다.
상준 역시 호기심 가득한 눈길로 선우를 돌아보았다.
"앞구르기가 뭔데? 해봐."
"묘기 같은 건데. 나 진짜 잘하는데."
옷소매까지 걷어 올리고선 비장한 눈빛으로 앞으로 나서는 선우.
순식간에 트램펄린 위에서 튀어 오른다.
잘한다고 하더니 정말이잖아?
마치 방방 고인물의 동작 같은 완벽한 움직임에 상준은 감탄을 터뜨렸다.
"아, 앞구르기는 이렇게 하는 거구나."
어쩌면 먼 훗날에 열심히 굴러다니게 될 수도 있지 않을까.
상준은 상운의 귓가에 대고 속삭였다.
"나중에 쓸 거 같지 않아?"
"설마. 저런 걸 왜 해."
그러게 설마. 저런 거를 할 일은 없겠지.
멍하니 선우를 돌아보던 순간.
"와……."
짝짝짝.
구석에 앉아 있던 제현이는 해맑게 박수를 치기 시작했다.
오늘 처음 봤지만 선우의 말이라면 잘 듣는 눈치다.
급기야 후한 칭찬까지 건넨다.

"멋찌다!"
"멋져?"
"완전 멋진데."
끄덕끄덕.
제현을 따라 박수를 치던 상준은 시계를 확인하고선 얼어붙었다.
벌써 5시가 훌쩍 넘었다.
여기서 정신없이 노느라 잠시 잊고 있던 시간.
상준은 가방을 챙겨 들고 다급히 상운을 끌었다.
"피, 피아노 학원 가야 된다!"
"헉."
"갈게! 또 봐!"
두 형제가 빠르게 사라졌다.

* * *

"왜 이제 왔어?"
피아노 학원에 들어서자마자, 피아노 선생이 다급히 상운을 붙들었다.
노느라 늦었다고 할 수는 없으니, 상준은 머쓱한 미소를 지으며 고개를 숙였다.
"죄송해요. 다음에는 일찍 올게요."
"아니, 그게 아니라. 너네 잠깐 앉아봐."
갑자기 왜 부르는 걸까. 상준은 의아한 얼굴로 자리에 앉았다.
"너네 어린이 합창단 알아?"

"그게 뭔데요?"

학원 쪽으로 제법 괜찮은 프로그램 제안이 들어왔다.

서울시에서 주관하는 합창 수업.

원래는 상운에게 제안할 생각이긴 했지만, 프로그램 내용을 들어보니 상준도 참여하면 좋을 거 같았다.

피아노 선생은 목소리를 낮추고선 입을 열었다.

"또래 애들 모아서 하는 합창 수업인데 너네 하면 좋을 거 같아서. 그런 쪽으로 관심 없어? 무료 수업이래."

부모님들께는 이미 확인을 받았으니 애들 의사만 확인하면 된다.

"합창?"

상운이 고민하는 동안 상준이 손을 번쩍 들었다.

"저, 노래 부르는 거 좋아해요!"

"그렇지? 상준이 열심히 할 거 같아서."

이런 기회는 놓쳐서는 안 된다.

상준이 하겠다고 나서자 상운 역시 천천히 고개를 끄덕였다.

서울시에서 진행하는 어린이 케이팝 합창단.

"나갈래요!"

그곳에서 누구를 만나게 될지.

까맣게 모르는 채로, 상준은 합창단에 나가게 되었다.

*　　　*　　　*

아무리 손을 뻗어도 절대 닿지 않을 것처럼 느껴지는 높은 천장.

상준은 널찍한 강당을 둘러보며 자리를 잡았다.

혼자도 아니고 옆에 상운도 있지만 긴장되는 건 어쩔 수 없었다.

상준은 호흡을 가다듬으며 나무의자에 걸터앉았다.

"자, 시작할까요?"

그때였다.

강당 저편에서 베이지색 코트를 입은 남자가 걸어 들어왔다.

작곡가 최요한. 대중적으로 알아주는 작곡가는 아니지만, 꾸준히 가요를 쓰고 있었다. 원래 보컬트레이너 출신이었던 터라 이런 강의에도 자주 참석했다.

하지만, 그 역시 이렇게 어린애들을 데리고 합창 공연을 준비하는 건 처음이었다. 잘할 수 있을까.

긴장되는 마음으로 자리 잡았다.

합창단에 들어온 친구는 총 10명.

그중 맨 앞자리에 앉은 상준에게 시선이 갔다. 최요한 작곡가는 부드럽게 웃으며 상준에게 말을 던졌다.

"합창 해본 적 있어?"

"아뇨."

"노래 좋아해? 가요는?"

"둘 다 좋아해요!"

집에서 맨날 불렀으니까.

사실 원래도 피아노보다는 노래 부르는 걸 더 좋아했던 상준이었다.

그 실력까진 아직 자신이 없었지만.

최요한 작곡가는 흐뭇한 미소로 아이들을 둘러보고선 천천히 입을 뗐다. 일단 이렇게 된 이상 아이들의 실력을 파악해 보는 것이 중요했다.

겨우 첫 번째 시간이니까.

짝.

손뼉을 친 최요한 작곡가는 넌지시 아이들에게 말을 던졌다.

"한 명씩 나와서 노래를 불러보는 건 어떨까?"

"혼자서 불러요?"

"합창 아니에요?"

다들 긴장했는지 쉴 새 없이 말이 쏟아져 나온다. 합창이라고 해서 왔는데 막상 혼자서 노래를 부르자니 걱정되는 모양.

하지만, 최요한 작곡가는 싱긋 웃으며 아이들을 진정시켰다.

원래 무대는 혼자 오르는 것이다.

옆에 누가 있든, 퍼포먼스와 보컬은 순전히 혼자의 힘으로 선보여야 하는 것이니까.

합창도 그랬다. 자연스럽게 어우러져 하나의 하모니를 만들어 내는 것이 합창이지만, 반대로 생각해 보면 개개인의 매력이 없이는 만들어낼 수 없다는 뜻이기도 했다.

최요한 작곡가는 아이들을 진정시키며 차분히 말했다.

"꼭 노래가 아니어도 돼. 너네가 잘할 수 있는 것들로 공연을 만들 거니까."

"……."

"누가 먼저 해볼래?"

쉽사리 도전을 하려 하지 않는다.

서로 눈치만 보고 있던 순간, 상준의 뒤편에 서 있던 한 아이가 손을 벌떡 들었다.

"어……?"

그 얼굴을 확인한 상준은 놀란 얼굴이 되었다.

실내 놀이터 방방에서 만났던 친구다.

"엄유찬? 맞지?"

"맞는 거 같은데."

상운은 작게 속삭이며 고개를 끄덕였다. 지난번에 방방에서 봤던 옷차림 못지않게 오늘의 패션도 상당히 튄다.

뜬금없이 가죽 재킷이라니.

"이름?"

"엄유찬입니다!"

"오, 뭐가 가장 자신 있어?"

"춤이요."

자신감이 넘쳐흐르는 눈빛으로 아이들을 한번 훅 돌아본 유찬은 씨익 웃었다. 여유가 넘치다 못해 강이 되어 흘러가는 느낌. 상준은 저 자신감에 감탄할 수밖에 없었다.

"아역배우 했다고 하지 않았어?"

"맞을걸. 눈빛 장난 아니다. 워후."

상운은 고개를 도리도리하며 탄성을 내뱉었다.

케이팝 합창단. 단순히 가만히 서서 합창만 하는 걸 바라진 않았다. 간단한 퍼포먼스까지 선보일 계획이었던 최요한 작곡가는 댄스가 특기라는 유찬의 말에 눈을 반짝였다.

"음악 틀어줄게. 자유롭게 춰도 되고, 아는 대로 춰도 돼."

"네. 한번 해보죠, 뭐."

유찬은 어깨를 으쓱이고선 자리를 잡았다.

최요한 작곡가가 준비했던 MR이 흘러나오자마자, 유찬의 눈빛이 완전히 바뀌었다. 아까 전까지는 적잖이 긴장했던 또래 애들의 눈빛이라면…….

"와."

리드미컬한 리듬에 맞춰 순식간에 미끄러지는 유찬.

최요한 작곡가는 저도 모르게 탄성을 터뜨렸다.

일곱 살이라고 하길래, 기껏해야 실제 있는 춤을 그대로 따라 출 줄 알았는데…….

'그냥 추잖아?'

느낌이 가는 대로 다리를 뻗는다.

'장난 아니다.'

상준 역시 최요한 작곡가와 같은 생각을 하고 있었다.

저건 끼다. 나이가 믿기지 않는 파워풀한 춤 선과 디테일까지 챙기는 시선 처리.

"와아아아!"

뒤편에 앉아 있던 여자애들이 함성을 지르기 시작했다.

"나 저렇게 춤 잘 추는 사람 처음 보는데?"

"나도."

"와, 재 뭐냐."

"가수 할 거래, 나중에. 아이돌!"

"우와… 대박."

유찬은 쏟아지는 박수 소리에 싱긋 웃고선 고개를 돌렸다.

방방에서 한참을 투닥였던 익숙한 얼굴이 앞줄에 있었다.

유찬은 그쪽으로 눈짓을 보내며 말을 뱉었다.

"봤지?"
나의 완벽한 댄스를 봤냐.
그런 뉘앙스다.
가만히 서 있다가 유찬의 도발을 받은 도영은 부글부글 끓어올랐다. 여기서 그냥 지고 있을 도영이 아니었다.
자기애라면 이쪽도 만만치 않았으니까.
"뭐래, 저 말미잘이."
"유치하게. 무슨 초딩이냐?"
"초딩 아니거든! 유치원 다니거든!"
허.
일곱 살 둘이서 초딩을 논하고 있다.
상준은 기가 막히다는 듯이 혀를 찼다.
"요즘 애들은 싸가지가 없어, 그치?"
"그러게. 나는 완전 예의 바른데."
상운은 고개를 격하게 끄덕이며 상준의 말에 동감했다. 확실히 저 친구들은 그다지 가까이하고 싶지 않았다.
유찬의 어깨를 툭 치고 앞으로 나온 도영은 마이크를 잡았다.
"합창단이잖아요, 그쵸?"
"어어, 그렇지."
"저는 노래 천재거든요. 우리 엄마가 가수 하랬어요."
도영은 앞머리를 쓸어 넘기며 피식 웃었다.
"제가 봐도 저는 가수로서 재질이 충분해요."
"재질……?"
"아, 대충 알아들어 주세요."

도영은 마이크를 손에 꼭 쥔 채 침을 삼켰다.

딴건 몰라도 저 말미잘같이 생긴 놈은 꼭 이겨야 했다.

"무슨 노래 틀어줄까?"

최요한 작곡가는 두 천재의 대결을 흥미롭게 지켜보았다.

저 자신감. 수많은 연예인들을 어깨너머로 봐와서 그런가.

저 자신감이 스타가 되기에 가장 중요한 요소라고 생각했다.

도영은 잠시 머리를 긁적이더니 단호하게 말했다.

"발라드요. 감성적으로. 아니면 팝송? 제가 또 한 영어 하는데."

"영어 잘해?"

팝송 하나를 들이밀었더니 눈빛이 빠르게 흔들린다.

최요한 작곡가는 속으로 웃으며 다른 노래를 손으로 가리켰다.

"가요가 좋겠지?"

"그럼요. 저희 케이팝 합창단인데!"

도영은 두 눈을 반짝이며 고개를 끄덕였다.

도영이 선곡한 것은 록발라드. 많은 사람들의 사랑을 이끌어 낸 절절한 곡이었다.

'이 감성을 과연 애가 알까.'

최요한 작곡가는 흥미진진한 눈길로 팔짱을 꼈다.

보컬트레이너 일을 겸하면서 발라드 가수는 많이 접해왔다. 어린 나이에 재능 있는 친구들도 제법 봐왔고.

그런데.

"오."

아까 전까지 장난기 가득했던 어린아이는 어디로 가고 없었다.

프로처럼 노래에 집중하고 있는 모습.

마이크를 생명 줄인 것처럼 소중히 붙들고선 노래를 이어나가는 도영이다.

“와.”

상준은 입을 떡 벌린 채 도영의 노래에 빠져들었다.

맑고 청량한 목소리. 분명 자신보다 나이도 어린데 진짜 가수를 눈앞에 둔 기분이었다.

마치 프로 같다.

데뷔한 가수처럼, 마냥 빛나 보였다.

“와아아아!”

예상대로 반응도 뜨겁다. 이런 환호성이 익숙하다는 듯 도영은 여유롭게 미소를 지었다. 최요한 작곡가는 도영을 향해 엄지손가락을 치켜들었다. 연달아 나온 친구들이 장난 아니다.

“그다음은… 누가 해볼까?”

스윽.

상준은 경직된 어깨를 풀며 손을 들었다.

드디어 자신의 차례가 왔다.

“뭐 보여줄 수 있어?”

“노래랑…….”

사실 노래 외에 제대로 잘하는 게 없었다.

보컬학원을 따로 다닌 적이 없으니 노래 실력 자체에 완전히 자신이 있는 것도 아니었고.

그러면 보여줄 만한 게…….

“댄스랑 같이 해볼게요.”

“오, 같이?”

처음 이곳에 들어왔을 때부터 유난히 눈길이 가던 친구였다.
똘망똘망한 눈망울로 자신에게 온전히 집중하고 있는 아이.
최요한 작곡가는 큰 기대를 품고 상준을 지켜보았다.
그런데.

알 수 없는 느낌
Just a feeling

"조금씩 다가가! 예에!"
최선을 다하는 모습. 땀까지 뻘뻘 흘려가며 외워두고 있던 안무를 따라가는데……. 주변 분위기가 아까와 달리 의아해졌다.
"뭐지……?"
어딘가 어설프다.
열심히 하는데 어설픈 느낌.
사실 객관적으로 보면 또래 아이들치곤 무난한 수준이었다.
하지만, 튀지 않는 애매한 재능이다.

안 된다고 말하지는 마
이미 돌이킬 수 없어

"예에에……."
아, 이게 아닌가?
상준은 뒤늦게 눈치를 살피며 두 눈을 끔뻑였다.
보다 못한 최요한 작곡가가 조심스레 입을 열었다.

실력은 둘째 치고 열심히 하던 친구다.
이 정도의 조언은 건네는 게 낫지 않을까.
예리한 한마디가 최요한 작곡가의 입에서 흘러나왔다.
"처음 불렀던 소절 있잖아."
"네!"
"그 부분에서는 발성을 이렇게 들어가는 게 좋지 않을까?"
아아.
시범을 보이는 최요한 작곡가.
"억지로 쥐어짜는 느낌이 아니라… 공기가 자연스럽게 흐른다고 생각해 봐."
모든 걸 메모하면서 귀를 기울이는 상준이다.
하나도 놓치지 않겠다는 듯 열정적인 표정.
"알 거 같아?"
상준은 대답 대신 격하게 고개를 끄덕였다.

* * *

두 번째 수업 날.
최요한 작곡가는 이번에도 앞자리에 앉은 상준에게 자연히 관심이 갔다. 해맑게 인사해 오는 상준에게 손을 흔든 그는 이내 멈칫했다.
'저게 뭐야?'
지난주에 나눠 준 악보가 완전히 까맣게 되어 있다.
언제 저렇게까지 연습을 한 거지?
최요한 작곡가는 입을 떡 벌린 채 상준을 빤히 바라보았다.

"선생님……?"

"아."

도영이 부르는 소리에 뒤늦게 정신이 들었다.

최요한 작곡가는 싱긋 웃으며 자리에서 일어났다.

"첫 번째 곡부터 가보자, 얘들아."

"네에!"

"준비됐어요!"

오늘 배울 곡은 「너에게 말해요」라는 캐롤풍의 경쾌한 노래.

겨울마다 많은 사람들에게 사랑을 받는 곡이었다.

노래가 시작하자, 최요한의 귀가 예민해졌다.

지난주에도 탄탄한 보컬을 보여줬던 도영은 오늘도 제법 잘 따라갔다. 유찬도 마찬가지였다. 보컬보단 댄스를 더 잘하긴 했지만, 결코 무시할 만한 실력은 아니었다.

상준의 옆에 앉은 상운은 말할 것도 없었다.

그런데.

최요한 작곡가의 귀를 사로잡은 건 전혀 다른 목소리였다.

지난주까지만 해도 무색, 무취 그 자체였던 상준의 목소리.

하지만, 오늘은 그 무게감부터 달랐다.

'발성을 완전히 고쳤잖아?'

억지로 노래를 뱉어내는 느낌이었다면, 오늘은 달랐다.

울림통에서부터 흘러나오는 듯한 부드러운 발성.

천재라 불릴 정도는 아니었다.

그보다는 가능성이라는 말에 가깝지 않을까.

"상준이 잘하는데?"

"진짜요?"

상준은 두 눈을 반짝이며 올라가는 입꼬리를 멈추질 못했다.

"자, 다시 한번 가볼까?"

최요한 작곡가의 지휘와 함께 다시 시작하는 합창.

너에게 말해요
한 번 더 말하고 싶어요

10명의 목소리가 아름답게 어우러진다.

이 겨울이 지날 때마다
자꾸 생각나거든요

첫 번째로 맞춰보는 어설픈 합창일지 몰라도. 상준은 뛸 듯이 기뻤다. 자신의 목소리가 이 노래에 보탬이 되고 있다는 것이.

그게 상준을 마냥 설레게 했다.

거기에 칭찬까지.

"잘하네."

최요한 작곡가는 상준의 눈빛을 보고 직감했다.

저 아이가 결국 무언가를 해낼 거라고.

세상은 1프로의 천재들이 바꿔 나가는 것이 아니라, 99프로의 일반 사람들이 바꿔 나가는 것이니까.

그래서 물었다.

"상준아."

"네?"

"어땠어? 오늘 합창해 보니까 느낀 점이 있어?"

상준은 잠시 고민하더니 조심스레 입을 뗐다.

이런 말을 해도 될지는 모르겠지만…….

오늘 확실히 느꼈다.

모두의 목소리가 한데 어우러질 때.

문득 벅찬 마음에 맴돌았던 생각.

"저 가수가 하고 싶어요!"

"이야!"

"멋지다아!"

"가수! 가수! 가수!"

애들답게 금세 흥이 오른다.

상준은 응원에 힘을 받아 힘차게 말을 뱉었다.

가수……. 하지만, 그냥 가수를 바라는 건 아니었다.

"탑스타가 되고 싶어요."

"우와, 탑스타!"

"탑스타 좋다아악!"

그때였다.

옆에서 상준을 가만히 지켜보던 유찬이 작게 중얼거렸다.

"…랍스타는 될 수 있을 거 같은데."

저… 저 새끼가?

제4장

[외전] 연습생

데뷔 전, 마이픽 출연 시기를 배경으로 하고 있습니다.

6시까지 보컬과 댄스 수업을 마치고 나니 힘들어 죽을 지경이다.

상준은 헥헥대며 연습실에 몸을 던졌다.

YH 엔터에 있을 때도 수업은 쉴 새 없이 진행되었지만 JS 엔터는 좀 더 체계를 갖춘 느낌이었다.

수업이 너무 많아서 따라가는 것도 버거울 지경이었지만, 마냥 좋았다. 데뷔조로 들어와서 드디어 데뷔를 꿈꿀 수 있게 되었으니.

B반에 있었을 당시엔 데뷔는 아예 다른 세상 이야기 같았다.

하지만, JS 엔터에 오고 나서는 달랐다. 데뷔 평가부터 시작해서, 마이픽 프로그램에도 출연할 기회를 얻게 되었다.

이렇게 관심을 받았던 적이 있었던가.

힘들어도 충분히 버틸 수 있었다.

물론……. 그렇다고 해서 힘들지 않은 것은 아니었다.

"배고프지 않아?"

선우가 상준에게 작게 속삭였다. 여기에 와서 가장 상준을 챙겨주는 건 역시 리더다운 선우였다. 상준은 천천히 고개를 끄덕이며 동감했다. 데뷔 전에 다이어트를 신경 쓰고 있느라 차마 말은 못 하고 있었지만, 그렇게 수업을 받았으니 배가 고플 수밖에 없었다.

선우의 한마디를 받은 건 도영이었다.

"우리… 뭐 시켜 먹을까?"

"여기서?"

"헤엑."

제현은 기겁하며 두 눈을 끔뻑였다. 원래 JS 엔터는 음식물 반입 자체가 금지였다. 더군다나 식단 관리까지 들어간 시점에서 배달 음식을 시켜 먹자니.

하지만, 도영의 두 눈은 이미 반짝이고 있었다.

선우도 같은 심정인지 자리에서 벌떡 일어났다.

"시켜 먹자! 까짓것 뭐 대단한 거라고."

"그러다 죽는다, 진짜로."

유찬은 혀를 차며 날이 선 말을 툭 던졌다. 도영은 그 옆에서 은근히 약을 올렸다.

"에이, 너도 먹고 싶잖아. 갑자기 빼기냐, 치사하게."

"아, 느낌이 싸하단 말이야. 네가 의견 내면 무조건 걸린다고."

몰래 배달 음식을 시켜 먹은 게 처음은 아니었다.

하지만, 도영과 함께라면 왠지 불안했다.

"너, 실장님이 꼭 지켜보고 있겠대."
"왜? 나 이렇게 슬림한데?"
"너, 맨날 과자 먹다가 걸리잖아."
쳇.
도영은 짐짓 삐진 얼굴로 어깨를 으쓱였다.
"그래서 안 먹을 거야?"
"……."
거기에는 유찬도 쉽게 대답하지 못한다. 선우는 상준에게 대답을 돌렸다.
"뉴 페이스 의견은 어때?"
"…뭐 먹을 건데?"
사실 상준도 혹했다. 여기에다가 주어진 식단만 먹으라니. 솔직히 이런 날에는 닭 다리를 하나 뜯어줘야 하는 게 아닐까.
"치킨?"
"치킨 좋지. 아, 치킨 먹자."
"족발?"
"그냥 시키는 김에 다 시켜. 하나 걸리는 거랑, 두 개 걸리는 거랑 똑같아."
유찬의 솔로몬 같은 지혜에 모두들 격하게 고개를 끄덕였다.
누구보다 신속하게 주문을 마친 선우가 목소리를 낮추며 문밖을 확인했다.
텅 빈 복도에는 아무도 다니질 않았다.
이미 9시가 넘은 시각이니까 잘하면 눈을 피할 수도 있지 않을까.
"커튼 일단 쳐봐."

"어떻게 나가게?"

"그거 도영이가 잘할걸?"

대체 얘네는 평상시에 뭘 했던 거야.

도영은 브이를 그려 보이며 자기가 담을 넘어보겠다고 나섰다.

"이쪽으로 가면 되나?"

쌀쌀한 밤공기에 옷을 여민 채, 유찬은 담을 올라타는 도영을 지켜보았다. 제현은 나름 열심히 망을 보고 있고. 그사이에 상준과 선우는 학창 시절의 이야기들을 풀어놓고 있었다.

"와, 도영이 보니까 그거 생각난다."

"뭐?"

"야자 짼 거."

상준의 말에 선우는 고개를 갸우뚱했다.

"나는 당당히 정문으로 나갔는데?"

"너… 정말 멋진 친구구나."

"그러엄."

짝.

둘이 하이 파이브까지 해가며 농담을 주고받는 동안.

"어휴."

도영이 하얀 봉지를 양손에 쥔 채 무사히 착지했다.

다람쥐처럼 담을 넘어서 신속하게 돌아왔다.

흡사 007 작전급의 긴장감이다.

"제현아, 망 잘 보고 있었지?"

"어엉."

막내에게 참 좋은 것을 가르치는 형들이 조심스럽게 발을 내디였다.

여기서부터가 진짜 중요하다. 1층부터 연습실까지 올라가는 게 쉬울 리가. 심지어 CCTV가 없는 쪽으로 도망가서 먹어야 했다.

"복도로 갈까?"

"사람 없겠지?"

"아, 지금은 없을 거 같은데. 3층엔 아무도 없지 않을까?"

JS 엔터만 몇 년째 있던 유찬의 말을 다들 따라가기로 했다.

저벅저벅.

최대한 발소리를 낮춘 채 무난히 3층에 도착했다.

유찬의 말대로 불이 전부 꺼져 있다.

"여기는 안 올 거라니까."

"아, 맞네."

계단 옆의 복도에 털썩 앉은 상준은 그제야 안도의 한숨을 내쉬었다.

그것도 잠시.

눈앞의 음식들의 고귀한 자태에 온 정신을 빼앗기고 말았다.

"와, 허니 치킨. 미쳤다, 진짜."

츄릅.

이게 얼마 만이야.

상준은 옷소매를 걷어 올리며 거듭 감탄했다. 그 옆에는 윤기가 맴도는 족발이 한 접시 놓여 있었다. 도영은 감격한 얼굴로 두 손을 모았다.

"너무 맛있겠다."

딱 그 한마디가 전부였다.

순식간에 음식으로 향하는 다섯 개의 젓가락.

아무도 말이 없는 폭풍 흡입이 시작됐다.

"와."

그야말로 정신없이 족발과 치킨을 뜯어대던 상준은 짧은 탄성을 내뱉었다. 확실히 사람은 배에 기름칠을 더해줘야 한다.

바삭하면서도 달달한 치킨.

황홀한 맛이 입안을 적신다.

어쩌면 속까지 이렇게 촉촉할 수 있을까. 상준은 두 눈을 감으며 나직이 감탄했다.

"이 맛이지……."

"와, 근데 불 끄고 먹으니까 진짜 스릴 넘치기는 한다."

도영은 킥킥대며 유찬의 옆구리를 찔렀다.

혹시나 누구에게 들킬까 봐 불이 꺼진 상태로 옹기종기 모여 있다.

이런 분위기라면…….

"우리 무서운 얘기 해볼까?"

"와, 여기서?"

가장 먼저 아이디어를 꺼내놓은 도영은 목소리를 낮추며 피식 웃었다.

"재밌잖아."

"아니면 그거 해볼래?"

"뭐?"

"분신사바."

"여… 여기서?"

분신사바라면… 종이에 빨간 펜으로 동그라미를 그리면서 귀신을 기다린다는 그거 아닌가?

상준은 기겁하며 선우를 힐끗 돌아보았다.

"내가 해봤는데. 진짜 되던데."

"에이, 말도 안 되는 소리."

"아, 못 믿어? 내가 들고 올까?"

잠깐만.

선우는 그렇게 말하고선 곧바로 자리를 떴다.

그리고 얼마 지나지 않아 웬 종이 한 장과 빨간 펜을 들고 왔다.

"진짜 하자고?"

"이런 분위기에서 하는 거지. 딱이잖아."

생각보다 무서워하는 것 같지는 않다. 선우의 옆에 붙어 있던 제현이 주먹을 꼭 쥔 채 말을 더했다.

"에이, 이게 뭐가 무서워."

보통 저렇게 말하는 애들이 가장 무서워하던데.

도영 역시 제현의 말에 고개를 끄덕이며 받아쳤다.

"귀신이 어딨어, 그렇지?"

"아, 나 이런 거 찜찜한데."

유찬은 못 이기는 척 빨간 펜을 잡았다.

두 사람이 함께 주문을 외우면서 펜을 돌리면 되던가.

상준은 호기심 가득한 눈길로 유찬의 쥔 펜을 잡았다.

"이렇게 하면 돼?"

"형이 해보려고?"

"와, 겁 없는 거 봐."

도영은 호들갑을 떨면서 침을 삼켰다.

시작하게 된 이상, 갑자기 비장한 분위기가 흐른다.

"후."

상준은 심호흡을 하고선 선우가 알려준 대로 주문을 외우기 시작했다.

"분신사바… 분신사바……."

뭐 물어볼까. 잠시 고민하던 상준은 진지하게 입을 열었다.

데뷔가 부쩍 가까워진 상황이지만, 잘 가다가 갑자기 엎어지는 것도 이 동네에선 예삿일이다.

정말 데뷔를 하기 전에는 한 치 앞도 알 수 없는 게 연예계니까.

그동안 수없이 그려왔던 바람을 조심스레 꺼냈다.

"저희, 데뷔할 수 있을까요?"

"갸아아악! 나 너무 떨려!"

스윽, 슥.

진짜 펜이 움직이는 것 같다. 위에서 누가 잡아끄는 듯한 느낌. 상준은 숨을 참으며 두 눈을 동그랗게 떴다.

그리고.

"동그라미! 동그라미!"

찌그러진 원이 조심스레 종이 위에 그려진다.

처음에는 가만히 혀를 차고 있던 유찬도 흥분한 얼굴로 일어났다.

"와, 우리 데뷔하는 거야?"

"다음 질문! 다음 질문!"

아까까지는 조용히 목소리를 낮추고 있던 것도 까먹고, 단체로 흥분하기 시작했다. 상준은 고개를 돌려 질문을 받았다.

도영이 번쩍 손을 들며 물었다.

"제가 잘생겼나요?"

스윽. 슥.

X가 단호하게 그어진다.

"하……?"

도영은 믿기지 않는다는 듯 고개를 저었다.

방금 전까지는 긴가민가했는데 이 질문에 대한 답을 들으니 확실히 알겠다.

"이거 짭이네."

"무슨 소리야."

"아, 둘이 힘주고 있는 거잖아. 삥치지 마."

도영은 팔짱을 낀 채 분신사바의 비과학성을 논하기 시작했다.

"애초에 귀신이 어디 있다고. 그치, 형?"

"어어?"

"이런 거 다 거짓말이라니까. 말도 안 되지. 귀신이 있으면 한 번 나와보라고 해. 내가 맞짱 뜨면 다 이기는데."

급기야 입을 자유분방하게 놀리기 시작한다.

유찬은 놀란 눈으로 도영을 진정시켰다.

"아, 이런 거 할 때는 그런 말 하면 안 돼!"

"맞아. 너, 그러다가 큰일 난다."

그 순간.

"어… 어?"

약하게 쥐고 있던 펜이 갑자기 끌려가기 시작했다.

마치 누가 조종하는 듯이 글씨를 써 내려가는 펜.

상준은 이질적인 감촉에 두 눈을 크게 떴다.

죽…….

설마.

"죽어라는데?"

"히익. 야, 나 무서워."

"빨리 부숴 버려, 펜!"

겁이 많은 제현은 두 손으로 눈을 가린 채 선우의 뒤로 숨었다. 선우 역시 기겁하며 자리에서 벌떡 일어났다.

상준은 떨리는 목소리로 질문을 다시 던졌다.

"방금 누구한테 하는 소리였어요?"

스윽.

망설일 것도 없다. 순식간에 펜이 도영의 쪽으로 향한다.

"갸아아아악!"

"까아아악!"

"어떡해! 난 몰라아아!"

단체로 기겁하며 소리를 내질렀다.

유찬은 짐짓 진지한 얼굴로 도영에게 타박을 던졌다.

"미쳤다. 너 말 안 들어서 죽으라는 거 아니야?"

"으어어어… 저는 아직 어려요. 여기 저보다 나이 많은 사람들이 많은데……."

뭐?

그러면서 상준과 선우의 쪽을 돌아본다.

저 자식이…….

"가는 데 순서 없다."

"너부터 뒈질래?"

상준과 선우의 묵직한 한마디가 동시에 울려 퍼지던 순간.
뒤에 서 있던 유찬의 얼굴이 창백하게 질렸다.
"허억… 헉."
귀신을 본 건 아니었다.
아니, 어쩌면 귀신보다 더 무서운…….
"뒈지기는 무슨."
"……!"
"니들 단체로 나한테 뒈질래?"
익숙한 목소리.
적어도 이 순간에는 저 목소리가 귀신보다 배로 무섭게 느껴졌다.
고개를 돌리자, 조승현 실장이 기가 찬다는 눈길로 바라보고 있었으니까.
유찬은 이미 새하얗게 질린 얼굴로 대답을 하지 못했다.
"실, 실장님."
회색 머리 도영이 헤실거리며 상황을 설명했다.
"저, 저희가 잠깐 쉬면서 놀고 있었는데요. 막, 귀신이 저한테 죽으라고 그러는 거예요. 너무 무서워서, 하하……."
유찬은 다급히 음식이 있는 쪽을 몸으로 가렸다.
하지만, 아까 전부터 서 있었던 조승현 실장이 그걸 못 봤을 리가.
조승현 실장은 한숨을 내쉬며 도영에게 말을 던졌다.
"귀신이 너더러 죽으래?"
"네……! 저 진짜 무서……."
끄덕끄덕.
격하게 고개를 끄덕이는 도영을 향해 조승현 실장이 싱긋 웃었다.

"귀신이 앞날을 잘 내다보네."

"네?"

"너는 오늘 나한테 죽을 거니까. 그렇지?"

"으아아악!"

JS 엔터 복도 위로 도영의 괴성이 울려 퍼졌다.

*　　　*　　　*

결국 단체로 실장실에 불려 갔다.

상준은 긴장한 낯빛으로 고개를 푹 숙였다.

JS 엔터에 들어온 지 얼마 되지도 않았는데 몰래 음식을 시켜 먹다 걸리다니. YH 엔터였으면 벌써 지금쯤 무슨 소리를 들었을지 모르는 일이었다.

"데뷔한다는 애들이 모여서 치킨을 시켜 먹어?"

조승현 실장의 싸늘한 한마디에 도영은 기가 죽은 얼굴이 되었다.

"잘못했습니다."

"잘못했어요……."

제현 역시 시무룩한 얼굴로 고개를 끄덕였다.

조승현 실장의 시선이 제현을 향했다.

"너, 누가 시켜 먹으라고 가르쳤어?"

"도영이 형이요!"

"저… 저게?"

그런 의미에서 꺼낸 말은 아니었는데. 해맑게 도영을 가리키는 제현에 조승현 실장은 뒷목을 잡았다.

"아니, 내가 그렇게 가르쳤냐고."

"아. 아, 아니요?"

제현은 눈치를 살피며 다시 고개를 숙였다.

데뷔하기 전부터 이렇게 자기 관리를 못 하는데 무슨 수로 데뷔를 하냐.

조승현 실장의 묵직한 한마디에 다섯은 아무 말도 하지 못했다.

급기야 제현은 울먹이기 시작했다.

"안… 시켜 먹을게요……."

"너네 연습도 안 했지?"

그건 아니다. 가만히 서 있던 상준이 눈치를 살피며 말했다.

"열심히 했습니다."

"확실해?"

"네!"

혼나는 걸 모면할 기회.

유찬과 도영이 동시에 답했다. 조승현 실장은 팔짱을 낀 채 넌지시 말을 던졌다. 데뷔가 얼마 남지 않은 상황. 과연 얼마나 늘었을지 한번 보기 위해서였다.

"보여줘 봐. 틀리면 죽는다."

여기서 끝나는 게 행운이라면 행운이었다. 하지만, 정말 실수했다간 더 혼날지도 몰랐다. 다섯은 빠르게 자리를 잡았다.

어제까지 열심히 연습했던 블랙빈의 「러브 포이즌」이었다.

빠른 비트에 어려운 동작까지. 수월하게 할 수 있던 곡은 아니었다. 이것 때문에 얼마나 연습했던가.

두두둥.

노랫소리가 울려 퍼지자마자 다들 반사적으로 춤을 추기 시작한다.

쉬지 않고 외쳐
It;s like a love poison

아까까지는 얼어 있던 제현도 제법 자연스럽게 치고 들어왔다.

This is my love poison
난 벗어날 수 없어

잘하긴 잘한다.

조승현 실장은 화를 내던 것을 멈추고, 애들을 한 번씩 훑었다.

상준은 보면 볼수록 신기했다. 최 실장이 그렇게 욕을 해서 보러 갔더니, 재능이 넘치는 아이였으니까.

일단 춤 선부터 타고났다. 거기에 연습까지 더해지니 흠잡을 데가 없었다. 그전부터 합을 맞춰오던 애들은 말할 것도 없었다.

"잘하네."

"그렇죠?"

칭찬을 받자마자 금세 원래의 해맑은 상태로 돌아간 도영.

조승현 실장은 침착하게 잘한 포인트를 짚어주었다.

다소 부족한 부분들까지도.

"블랙빈 애들도 이 곡은 처음에 되게 힘들어했거든."

"네."

"그러니까 너무 힘을 100으로 주려 하지 말고, 적당하게 배분

해서 써. 너무 과하면 자연스럽지가 않아."

"네에에."

"그것 빼고는 잘하네, 뭐. 연습했다더니 하긴 한 것 같네."

생글거리는 애들을 본 조승현 실장이 못 이기는 척 피식 웃었다.

"앞으로는 시켜 먹을 거면 얘기하고 먹어. 무슨 쥐새끼들처럼 땅굴 파고 숨어 있지 말고."

물론 쥐새끼치고는 너무 시끄러웠다.

몰래 먹으려고 하긴 하는 건가 싶었던 데시벨.

조승현 실장이 이마를 짚으며 하는 말에, 아까부터 줄곧 눈치를 살피던 도영이 치고 들어왔다.

"저희 잘했다고 하셨잖아요."

"어, 그런데?"

"그런 의미에서……."

도영은 침을 삼키며 복도 끝을 돌아보았다.

아직 차마 배에 다 담지 못한 족발과 치킨이 조금 남아 있었다.

먹다가 분신사바를 하느라 잠깐 산으로 가긴 했지만…….

"마저… 먹어도 돼요?"

"더 혼나야 할 거 같은데?"

켁.

도영은 헛기침을 하며 줄행랑을 쳤다.

* * *

괜히 야식을 몰래 시켜 먹는 바람에 어제 밤늦도록 연습을 더

해야 했다. 상준은 자꾸만 감기는 눈꺼풀을 들어 올리며 수업에 집중하려 애썼다. 오늘은 연기 수업이었다.

데뷔 전에 연기에 재능이 있는 친구들은 누구인가, 미리 가려 보려는 의도에서 준비된 수업.

연기 선생은 애들을 한 번 둘러보고는 의아해했다.

“오늘 왜 다 좀비 상태야?”

“아… 죽을 거 같아요. 어제 거의 새벽까지 연습했다니까요.”

“어쩌다가?”

“치킨 시켜 먹다가요.”

크흠.

연기 선생은 혀를 차며 말을 뱉었다.

“그럴 만했네.”

“와, 쌤. 너무해요. 쌤만은 저희의 편이 되어주실 줄 알았는데. 배신감이 이루 말할 수가 없……”

“그 배신감을 연기에 녹여보자. 차도영, 감정 준비됐지?”

투정을 부리려고 했지만, 어림도 없다.

도영은 시무룩한 얼굴로 고개를 끄덕였다.

“그러면 상준이랑 한번 연기 주고받아 보자.”

상준의 연기 실력을 보는 것은 처음이다. 뉴 페이스라고 하니, 연기 선생도 제법 기대되었다. 춤과 노래는 퍼펙트하다고 소문이 자자했는데 과연 연기는 어떨까.

“자, 시작.”

상준이 도영을 이용해 왔다는 사실을 깨닫고 도영이 배신감을 느끼는 상황. 상황 하나만 주어졌을 뿐, 나머지는 모두 자유 연기다.

연기자들도 어려워하는 것이 자유 연기.

사실 초보인 애들에겐 버거울 수도 있었다.

'과연 어떠려나. 기본은 해줬으면 좋겠는데.'

그런데.

연기 선생이 시작을 외치자마자 상준의 표정이 빠르게 변해갔다.

「무대의 포커페이스」.

이 능력을 이렇게 쓰게 될 줄은 몰랐다. 상준은 지금, 거만한 표정 그 자체였다. 찔러도 피 한 방울 안 나올 것 같은 냉정함.

상준은 피식 웃으며 도영을 응시했다. 그 눈빛만 봐도 압도당할 것 같다.

'뭐지, 재는?'

분명 연기 수업을 제대로 받는 건 처음이라고 들었다.

그런데 저렇게 잘할 줄은 몰랐다.

오늘 수업 자체도 가볍게 훑어가는 느낌으로 가르칠 생각이었는데, 거의 배우 지망생을 보는 것처럼 자신이 빠져들어 가고 있었다.

'기본만 하면 돼요. 애들 다 배우 시킬 것도 아니고. 그냥 가능성만 찾으면 되니까.'

조승현 실장이 했던 말이 떠올랐다.

가능성… 가능성이라면 이미 찾았다.

눈앞의 이 친구가 바로 가능성이니까.

「신이 내린 목소리」 재능을 활용한 부드러우면서도 묵직한 목소리가 흘러나왔다.

"왜 찾아왔어?"

부드럽지만 잔인하다. 그 묘한 감정을 저 한마디로 어쩌면 저렇게 잘 전달할까. 저건 재능이다. 타고난 재능.

하지만, 그런 상준에 대적할 강적이 있었으니…….

"왜냐고? 정. 말. 몰라서. 물어?"

"……."

뭐지, 이 로봇 연기는. 상준의 눈빛이 빠르게 흔들리기 시작했다.

방금 전까지 충분히 감정을 잡았다고 생각했는데.

「무대의 포커페이스」가 아니었다면 바로 웃음을 터뜨렸을지도 모른다.

"어흑."

선우는 이미 두 눈을 가리고 있었다.

도영의 공격은 계속됐다.

"어떻게. 그럴 수. 있어?"

너야말로 어떻게 나한테 이럴 수 있냐.

상준은 아랫입술을 꽉 깨문 채 말을 이었다.

"나는 처음부터 그럴 생각이었어. 단 한 번도 너를 내 친구로……."

"감… 감히 네가 나를, 아이고. 아이고."

갑자기 뒷목을 잡기 시작하는 도영.

상준은 이내 멍해졌다.

"감히 배신을 해!"

어어억.

그러고는 뒷목을 잡고 뒤로 넘어간다.

"푸흡."

참다 못한 연기 선생이 웃음을 터뜨렸다. 상준은 혼란스러운 얼굴로 두 눈을 끔뻑였다.

아무리 자유 연기라지만. 갑자기 여기서 뒷목을 잡는다고?

너무 자유분방하지 않아? 이걸 어떻게 받아치라는 거야?

"도영아, 들어가자."

"저 완전 잘했죠?"

"아니, 들어가자."

연기에 몰입하는 것보다 웃음을 참는 게 더 힘들었던 수업이었다.

*　　　*　　　*

"도영아, 진지하게 너 연기 쪽은 아닌 거 같아."

"무슨 소리야. 나 어렸을 때 특별 출연인가 했었다니깐."

연기 수업이 끝나고 나서도 도영과 유찬은 그 얘기 중이었다. 정말 아역배우를 해본 유찬은 단호하게 고개를 저었다.

"내가 살면서 19년 동안 연기하는 사람을 많이 봤거든."

"와, 선배라고 유세 떠네."

"네가 제일 못해."

"말넘심."

도영은 무릎에 고개를 파묻고 중얼거렸다.

하지만, 못하는 건 사실이다. 차라리 AI한테 음성지원을 맡기는 게 더 자연스러웠을 테니까.

상준은 헛기침을 하며 도영의 어깨를 토닥였다.

도영이 도와달라는 듯이 눈짓을 보냈다.

"자, 형이 같이 나랑 연기한 입장에서 한마디 해줘. 어땠어, 내 메소드연기?"

"네가 메소드라면……."

"엉?"

"이 세상 메소드는 전부 얼어 뒈진 게 아닐까."

도영이 부들대며 자리에서 일어났다.

"와, 사람 그렇게 안 봤는데. 나 이제 말 안 해."

"상준이 형이 가만 보면 은근히 맞는 말만 하네."

"도영아, 도영아!"

하지만, 도망갈래도 도망갈 수가 없다.

짐짓 화난 얼굴로 문을 나서려던 도영은 이명숙에게 막혔다.

2주에 한 번씩 패션 수업을 들어오는 이명숙 선생.

화려한 스카프를 걸친 그녀가 웃으며 걸어 들어왔다.

"안녕하세요!"

연기 수업이 끝나고도 쉴 시간이 없었다.

데뷔조는 패션 수업까지 따로 진행되기 때문이었다. 연습생들 중 대다수가 옷을 즐겨 입고 감각도 있는 편이었지만, 그렇지 못한 친구들도 있었다.

상준도 마찬가지였다. 하지만, 데뷔하고 나면 스타일리스트의 손길이 닿지 않는 사복마저도 대중들의 입에 오르내리기 때문에.

JS 엔터는 패션 수업도 따로 진행하고 있었다.

그리고, 오늘은 실습 날이었다.

"어, 새 친구도 왔네."

"잘 부탁드립니다!"

"오늘 뭐 하기로 했는지 알고 있지?"

패션 수업은 도영과 유찬이 가장 좋아하는 수업이었다. 이 다섯 명 중 둘이 가장 감각이 뛰어났기 때문. 아까 전까지 삐져 있던 도영은 다시 원래의 생글거리는 얼굴로 돌아왔다.

"오늘 옷 사 입고 오는 날 아니에요?"

"정답."

JS 엔터의 패션 실습은 조금 특이했다.

한 사람당 돈을 5만 원씩 쥐여준 다음에 위아래로 옷을 새로 사 입고 오게 한다. 자신의 스타일에 맞게.

"시간은 두 시간!"

와, 이런 수업이 있다니.

상준은 얼떨떨한 얼굴로 이명숙 선생의 설명을 들었다.

상준은 완전 처음이라 일부러 더 친절하게 설명했다.

"새 학생, 이해했어?"

"아, 넵!"

이쪽으로는 센스가 전혀 없는 데다가, 재능을 미리 대여하지도 못했지만.

'뭐, 못 할 건 없겠지.'

상준은 당찬 목소리로 말을 뱉었다.

"글로벌한 패션으로 준비해 오겠습니다!"

* * *

"형, 글로벌한 패션은 대체 뭐야?"

유찬은 기가 막히다는 듯 상준에게 물었다.
막상 애들을 따라 상가에 나왔지만, 상준은 여전히 감을 잡지 못하고 있었다.
도착하자마자 달려가서 잽싸게 옷을 채 오는 도영과 선우.
자신의 스타일을 열심히 고민하고 있는 제현.
유찬도 힙한 옷을 몇 개 집어 오더니 몸에 대보고 있었다.
"하."
상준은 우왕좌왕하며 그런 멤버들을 살폈다.
이대로면 괜찮은 옷을 시간 안에 골라 갈 수 있을까 싶었다.
벌써 겨우 한 시간이 남았다. 마음이 조급해진다.
재능을 대여할 수 있게 된 이후, 웬만한 거에는 자신감이 넘쳤던 상준이다. 하지만, 패션은…….
"어떡하지."
그때였다. 상준의 시선이 건너편의 상가 쪽으로 향했다.

* * *

밖에서 외관만 봐도 힙함이 느껴지는 옷 가게다.
늘 헐렁한 추리닝이나 후드티만 즐겨 입었던 상준이다.
객관적으로 생각해 봤을 때 이런 옷차림으로는 글로벌한 아이돌이 될 수 없다.
"저기 가볼까?"
상준의 말에 유찬이 흥미로운 눈길을 보냈다.
딱 유찬의 타입인 옷 가게긴 했다.

“상준이 형이 저쪽 가보고 싶다는데?”

“슬슬 골라보자.”

“맞아. 나는 거의 다 끝났어.”

선우가 옷 계산을 마치고 걸어왔다.

베이지색 코트에 하얀 니트 티. 차분한 스타일 그 자체였다. 훤칠한 선우와도 제법 어울리는 옷이었고.

음.

‘내가 저런 게 어울리려나.’

일단 가봐야 알겠지.

상준은 비장한 얼굴로 나섰다.

막상 가게 안을 들어서니 화려한 분위기에 정신을 차릴 수가 없다. 차마 길거리에서 입고 다니기에는 과감한 스타일.

유찬은 이미 마음에 드는 것들을 꺼내 왔다.

힙한 재킷에 화려한 모자.

“이야, 래퍼 같은데?”

도영은 유찬의 센스에 감탄하며 박수를 쳤다. 상준 역시 혀를 내두를 수밖에 없었다. 확실히 얘네는 자신을 꾸밀 줄 안다.

“도영아, 나 뭐 입을까?”

“형? 이런 건 어때?”

음, 역시 도영의 말을 듣는 게 아니었다.

“야… 너무 과하잖아.”

거의 폭주족 같은 패션이다. 바른 생활 상준은 기겁하며 고개를 저었다. 도영은 머리를 긁적이며 말을 더했다.

“좀 튀는 거 입고 싶은 거 아니었어?”

"그건 그런데……."

상준의 눈에 확 튀는 옷이 하나 있었다.

확실히 원색으로 시선을 사로잡는 게 좋지 않을까.

"이거에 청바지 입으면 어울릴 거 같은데……."

도영이 제 옷에 정신이 팔린 사이, 상준은 홀린 듯 구석으로 걸어갔다.

*　　　*　　　*

"무사히 돌아왔어?"

이명숙 선생은 흐뭇한 미소를 지으며 문을 열어젖혔다. 원래 애들이 기본적으로 패션 감각이 있는 터라 크게 걱정하지는 않았다.

자신들의 스타일을 얼마나 잘 구축했을까.

그게 궁금했다. 그런데.

벌컥, 문이 열린 순간. 이명숙 선생은 자신의 두 눈을 의심했다.

"상준아… 그게 뭐야?"

도영은 머리를 긁적이며 한숨을 내쉬었다. 뒤늦게 발견했을 때는 그 옷만은 안 된다고 말리고 싶었지만 이미 결제를 마치고 온 뒤였다. 거기에 시간까지 없어서 그냥 왔지만…….

유찬 역시 고개를 내저었다.

"다소… 부끄러운 패션이긴 하네요."

새빨간 티에 어딘가 구멍이 많이 뚫려 있는 청바지.

어디서 본 건 있는지 웬 이상한 야광 팔찌까지 두르고 왔다.

이명숙 선생은 이 패션이 상징하는 의미를 끼워 맞춰야 했다.

"…월드컵 응원하러 온 거 아니지?"
아무리 봐도 저 패션은 백 투 2002년이다.
이명숙 선생은 혼란스러운 눈길을 다른 친구들로 돌렸다.
깔끔한 선우의 패션.
힙한 유찬다운 패션.
그리고 나름 센스 있게 챙겨 입은 도영.
"세상에."
제현이는 귀여운 상어 후드티를 입고 왔다.
"어울리네."
"그쵸?"
저도 자기가 귀여운지 아는 것 같다.
제현은 해맑게 웃으며 상준을 돌아보았다.
다른 옷은 웃으며 봐줄 수 있다. 하지만, 역시 상준의 패션은…….
솔직한 제현은 거짓말을 할 수 없었다.
"저건… 진짜 아닌 거 같은데."
"웃으면서 보내 버리네."
선우는 깔깔대며 말을 얹었다. 웬만한 패션이면 그러려니 하겠는데 저건 진짜 신박했다.
이명숙 선생은 상준에게 패션을 설명하게 했다.
대체 무슨 생각으로 저 옷을 골라 온 걸까.
"으음. 무슨 의도였는지 물어봐도 될까?"
의도라.
상준은 글로벌한 패션을 살리고 싶었을 뿐이었다.
"위는 빨간색이고, 아래는 파란색이잖아요."

"청바지니까. 그렇긴 하지……?"

"태극기."

맙소사.

"한류를 알리겠다는 그런 포부였습니다."

아니야. 그런 식으로 알리는 거 아니야.

이명숙 선생은 아찔해졌다. 그러면…….

"공항에 그렇게 입고 다닐 거야?"

"어, 어울리지 않나요?"

물론 저 얼굴이면 옷을 멱살 잡고 끌어올려서 살릴 수는 있겠지. 그런데 굳이 그렇게 힘든 길을 갈 필요가 있을까.

이명숙 선생은 차분히 상준에게 걸어갔다.

토닥토닥.

"글로벌한 아이돌 좋지."

"그쵸."

"한류를 알리는 건 좋은데……."

한류는…….

"노래로 알리자."

파이팅!

격려 가득한 말이 연습실에 울려 퍼졌다.

* * *

"진짜 어렵다."

상준은 한류를 파괴하는 옷을 입은 상태로 중얼거렸다. 패션 수업이 끝나도 나서도 아직까지 감이 잡히질 않았다. 패션 재능도 따로 대여해야 하나.

"형, 평상시에 입고 다니는 후드티가 백 배, 아니, 천 배 나아."

"맞아. 제발 그거 입고 다녀."

사실 평상시에 평범한 옷을 입고 다닐 때는 저 정도로 패션 센스가 바닥인지 몰랐다. 괜히 튀는 옷을 입겠다고 해서 이 지경이 됐다.

"그냥… 후드티 입고 다닐게."

"어어, 그게 낫겠다."

유찬은 괜히 힙한 세계를 알려줬다며 자책하고 있었다.

다섯이 이렇게 옹기종기 모여 앉으니 이전보다 훨씬 친해진 기분이 든다. 상준은 피식 웃으며 멤버들을 돌아보았다.

그때였다.

사교성 좋은 선우가 상준의 어깨를 툭 치며 화제를 던졌다.

"이렇게 모였으니까. 그거 해보자."

"어떤 거?"

"상준이는 최근에 들어왔잖아. 따끈따끈한 첫인상 들어보자."

첫인상?

여전히 생생하긴 하다.

처음 실장실에서 멤버들을 봤을 때 느꼈던 감정.

'실장님! 실장님!'

'엄유찬 이 새끼가 제 과자 털었어요!'

'아아악, 이거 놔!'

거기에 도영은 멍청한 소리까지 더했었다.

'하아. 저 지금 인내심 맥……. 암튼 맥이에요.'

'맥주, 맥주…….'

'맥주는 아니야, 제현아.'

회색 머리와 검은 머리.

거의 뭐 환상의 덤 앤 더머처럼 느껴졌던 둘이다.

상준은 도영과 제현을 번갈아 바라보며 입을 열었다.

"도영이는 진짜 정신이 없었고."

"첫인상이 지금 인상이랑 똑같구나."

그랬다. 지금도 여전히 정신이 없다.

상준은 제현을 가리키며 말을 이었다.

"제현이는… 되게 귀여운 애 하나가 멍청하게 앉아 있었잖아."

그렇구나.

상준의 말을 들으며 고개를 끄덕이던 제현은 잠시 멍해졌다.

가만히 듣고 보니까…….

"그러면… 나는 멍청한 이미지야?"

"아니지, 제현아."

도영이 제현의 어깨를 부드럽게 토닥이며 고개를 저었다.

어떻게 막내에게 멍청한 이미지라는 말을 할 수가 있겠니.

"너는 멍청한 이미지가 아니라 그냥 멍청한 거잖아."

"형은?"

"쓰읍. 그런 말 하는 거 아니야. 형은 똑똑하지."

알아서 생각하도록 내버려 두자.
상준은 웃음을 참으며 유찬에게 고개를 돌렸다.

'과자 하나 가지고 겁나 지랄하네.'

처음부터 살벌함 그 자체였던 유찬과는 첫만남.
그뿐만이 아니었다.

'혹시… 약 하세요?'

그 질문에 자신이 뭐라고 답했더라.

'해야 하나요……?'

그렇게 당당하게 물었던 거 같은데.
졸지에 첫인상이 약쟁이가 될 뻔했다.
유찬은 머리를 긁적이며 말을 더했다.
"솔직히 나는 저 형, 조금 이상한 사람인 줄 알았어. 약 해야 하냐고 묻길래."
"네가 더 이상해 보였다고는 생각 안 해? 초면에 약 하냐고 물은 사람은 22년 인생 처음이야."
"크흠."
그럴 만도 했다.
그리고 스펙터클했던 세 멤버의 이미지와는 달리 선우는 첫인

상부터 친절했다.

'자, 이쪽은 연습실이고. 저쪽은 녹음실이야.'

'궁금한 거 있으면 얼마든지 말하고, 처음에는 좀 어색한데, 며칠 다니다 보면 적응될 거야. 이쪽 복도로 가면…….'

사람이 그렇게 친절할 수가.

덕분에 JS 엔터에 빠르게 적응할 수 있었다.

"선우는 진짜 착했지. 여기 다 구경시켜 주고… 서재진이 깽판 치는 거 막아주고."

이렇게 첫인상을 논하다 보니 문득 궁금해지는 게 있었다.

여기 친구들이라면 한 번쯤 만나봤을 사람.

일부러 상준에게 언급을 피하고 있다는 것도 알았다.

그래서 더 궁금했다.

"혹시… 상운이는 어땠어?"

* * *

상준보다 작은 키에 앳된 얼굴.

JS 엔터에 처음 들어올 때 상당히 어린 나이였던 상운은 묘한 분위기가 있었다.

진심에서 흘러나오는 자신감이라고 해야 하나.

도영이 본 첫 느낌은 그랬다.

"와, 진짜 잘생겼다."

문을 열고 뉴 페이스가 들어오자마자 난리가 났다.
반듯한 비주얼에 기분 좋아지는 눈웃음. 교복을 입은 학생이 천천히 걸어 들어와 인사를 건넸다.
연습생들 사이에서도 파장을 불러일으킬 법한 비주얼.
우르르.
순식간에 연습생들이 한데 모여들었다.
적극적인 도영이 앞으로 먼저 나섰다.
"우와, 이름이 뭐야?"
"어디서 왔어?"
"너, 연습생 처음이야?"
"여긴 어떻게 왔어?"
순식간에 질문이 쏟아진다.
"어?"
여기의 실세나 다름없던 은수가 호기심을 갖고 걸어왔다.
월말 평가 1등은 따놓은 당상이었던 JS 엔터의 대표 연습생.
차은수가 자리에 앉자마자, 주위에서 헉, 숨을 삼켰다.
"둘이 마주 보고 있으니까 장난 아니다."
"비주얼 둘 다 미쳤는데."
"내가 봤을 땐 신입도 장난 아닌 거 같아. 왠지 느낌이 그래."
뒤에서 수군대는 소리가 여기까지 다 들린다.
상운은 피식 웃으며 입을 열었다.
"질문이 너무 많아서 헷갈리는데."
"하나씩 물어봐 줄까?"
연습생들은 기본적으로 경쟁 구도다. 다른 사람을 밟고 올라가야 데뷔할 수 있고, 살아남을 수 있다.

하지만, 은수는 아니었다.

자신보다 잘하는 사람을 본 적이 없으니까.

어차피 다 실력으로는 자신보다 아래였다.

'뭐, 생긴 건 준연예인인데. 실력은 모르니까.'

여유 있는 얼굴로 인사를 건네는 은수다.

나이를 물어봤더니 자신보다 한 살 어리단다.

말을 놓은 은수가 싱긋 웃으며 질문을 던졌다.

"어디서 왔어?"

"서울 쪽? 오디션 보고 왔는데. 연습생은 여기가 처음이에요."

"아… 처음이야?"

연습생이 처음이라는 말에 다들 안도하는 눈빛이 되었다.

은수만 해도 JS 엔터에 오기 전에 중소 엔터 여러 곳을 거쳐왔다.

그렇게 배운 댄스와 보컬 실력은 무시할 수 없었다.

하지만, 은수는 결코 안도할 수 없었다.

'저 여유는 뭐야?'

천성 자체가 저런 건가.

생글거리는 눈빛을 이해할 수 없다. 보통 여기에 처음 오면 둘 중 하나다.

산전수전 다 겪어본 나이 있는 연습생들은 딱 저런 태도로 여유를 부리고.

경험이 없는 친구들은 기존 애들에게 말을 거는 것조차 어려워할 정도로 눈치를 살핀다.

낯선 환경이니까.

그래 봤자 사교성 좋은 친구들은 금세 친해진다지만.
이 녀석한테는 긴장감조차 보이질 않는다.
은수는 자신만만한 미소를 지으며 벽보를 손으로 가리켰다.
"이거 보여?"
지난 월말 평가 성적.
보컬, 댄스, 랩 부문까지.
맨 꼭대기에는 어김없이 차은수, 이름 석 자가 박혀 있었다.
"내가 여기 1등이거든."
"워후!"
"기선 제압이다아!"
뒤에서 애들이 환호하며 둘의 눈치를 살핀다.
유찬은 유치한 짓이라는 듯 혀를 차며 휴대폰을 들었다.
저런 애들 장난에 끼어들 바엔 차라리 작곡 연습을 더 하는 게 낫다.
그렇게 생각하며 등을 돌리려는데.
의외의 한마디가 유찬을 붙잡았다.
"아, 그래요?"
JS 실세에게 향하는 묵직한 한마디.
"저도 자신 있어요."
상운과 은수의 눈빛이 팽팽하게 교차했다.

* * *

팽팽한 적막한 깨고 들어온 것은 유지연 선생이었다.
그때까지 신나게 구경하고 있던 연습생들은 황급히 제자리로 돌아갔다.

"월말 평가 잘 준비하나 보러 왔는데. 다들 자신 있어?"

고개를 돌리던 유지연 선생은 상운을 보고 손짓했다.

"아, 네가 새로 온 애구나. 너는 저 팀으로 가."

"예?"

유지연 선생이 가리킨 쪽은 은수의 옆이었다.

매달 진행되는 JS 엔터의 월말 평가.

이번에는 그중에서도 팀 미션이 준비되어 있었다.

월말 평가가 한 번씩 끝날 때마다 연습생들이 물갈이될 정도로, 이들에겐 살벌한 평가였다.

"이 친구랑 같이하라고요?"

그렇게 중요한 문제다 보니 은수는 반사적으로 되물었다.

유지연 선생은 어깨를 으쓱이며 말을 뱉었다.

"조 발표 어제 했잖아. 아직 준비 시작 안 했을텐데."

그건 그렇다.

하지만, 제대로 실력조차 모르는 연습생을.

그것도 아예 이 바닥은 처음이라는 어설픈 애를 끌고 가야 한다니.

"으음."

사실 진짜 의아한 이유는 따로 있었다.

차은수, 강원, 레이, 찬.

이 조합은 이미 JS 엔터에서 유명한 조합이었으니까.

현재 유력한 데뷔조로 꼽히는 친구들이다.

이 안에 뉴 페이스를 넣게 된다니.

은수는 상운에게 손짓했다.

"이리 와."

물론 만족스러운 결정은 아니지만, 그렇다고 이미 정해진 걸 번복할 수는 없었다. 은수는 누구든 실력을 끌어올릴 자신이 있었으니까.

'자신 있다고 했지?'

한번 그 배짱을 테스트해 보고 싶다.

정말 무대 위에서도 통용되는 자신감인지.

월말 평가에 혼을 쏟는 은수의 입장에서는 그러길 바랄 뿐이었다.

"우리 월말 평가 짤 당하면 진짜 큰일 나는 거 알지?"

"어느 평가든 최선을 다해야죠."

상운은 고개를 끄덕이며 은수의 말에 동감했다.

"최선은 당연히 기본이고, 잘해야 한다니까."

"잘하면 되지 않을까요."

상운은 웃으며 은수의 말을 받아쳤다.

얘는 대체 뭐지.

은수는 언짢은 눈길을 상운에게 보냈다.

팔자 편하게 생글생글 웃고만 있으니, 실력을 알 수가 없다.

은수는 속으로 한숨을 내쉬며 휴대전화를 꺼내 들었다.

선곡부터 MR 준비, 안무 퍼포먼스까지.

이번 월말 평가는 모든 걸 연습생들에게 맡겼다.

JS 엔터 사상 역대급 스케일의 월말 평가.

부담이 되지 않는다고 하면 거짓말이겠지만, 오랜 연습생 생활을 해온 멤버들은 이미 선곡까지 맞춰놓은 상황이었다.

"깊어가는 밤. 이 노래, 알아? 이걸로 하기로 했거든, 어제."

"아."

들어본 적 있는 곡이다.

상운은 알겠다며 고개를 끄덕였다.

그러다가 문득 생각났는지 은수를 붙들었다.

"혹시 원곡 그대로 가요?"

"무슨 소리야?"

"편곡하면 좋을 거 같은데."

"……."

미묘한 정적이 감돌았다.

새로 들어온 연습생 하나가 편곡을 논하다니. 은수는 강원을 힐끗 돌아보았다. 이 중에서도 작곡에 그나마 손댈 수 있는 사람은 강원이었다.

"간단히 구조만 바꿀 생각이긴 했는데……."

시간도 시간이고. 제대로 날을 잡고 하려면 너무 오래 걸렸다.

강원은 단호하게 말을 뱉었다.

"이 노래가 편곡하기 어려워."

몽환적인 사운드가 베이스인 노래이다.

괜히 어설프게 건드렸다간 기존 곡의 매력을 깨뜨릴 확률이 높았다.

하지만, 상운의 생각은 달랐다.

"그런가요? 저는 잘 모르겠는데."

노래의 분위기 자체는 듣기 좋겠지만, 원래 댄스곡은 아니다.

간단한 퍼포먼스를 선보일 수 있지만 단지 그뿐.

보컬에 강점을 두고 진행해야 하는 곡이었다.

하지만, 아이돌은.

기본적으로 둘 다 잘해야 한다.

"퍼포먼스에 중점을 두려면, 노래 분위기를 바꿀 필요가 있어요. 좀 더 긴박하게. 템포 올리고 조금 만져주면 전혀 다른 느낌으로 나올 거 같은데……."

은수는 상운을 믿지 않았다.

대체 무슨 생각으로 이 뉴 페이스를 데뷔조에 끼워 넣은 건지는 모르겠지만.

"겨우 일주일이야. 연습 들어가려면 편곡을 하루 이틀 안에는 끝내야 하고. 그 안에 가능해?"

시험하듯 냉랭한 한마디가 흘러나왔다.

이를 상운은 싱긋 웃으며 받아쳤다.

"네, 가능해요."

*　　　*　　　*

"…뭐지, 이건."

"미쳤는데?"

다음 날 아침이었다.

은수는 믿을 수 없는 현실에 두 귀를 의심했다.

지난밤 사이에 무슨 일이 있었던 걸까.

이미 완성된 MR이 은수의 손에 들려 있었다.

가이드 녹음까지 끝마친 상태였다.

"이런 식으로 여기서 살짝 바꿔봤어요. 구조를. 그다지 어렵지 않죠?"

상운은 자신 넘치게 편곡해 온 곡을 설명했다. 강원은 홀린 듯이 상운의 말에 빠져들었다. 이렇게 보면 겨우 이틀 차 연습생이라고는 믿기지 않을 침투력이다.

"이거 네가 한 거 맞아?"

은수조차 작곡은 어려워했다.

은수의 말에 상운은 당당하게 답했다. 자신이 한 게 맞다고.

애당초 연습생 월말 평가를 도와줄 사람이 없었으니까.

이미 저편에서 연습하고 있던 연습생들은 대화를 전하고 있었다.

"뭐야, 저기 뉴 페이스가 편곡해 왔나 봐."

"편곡을 해?"

"장난 아닌데. 미친 거 같던데. 나 노래 얼핏 들었어,"

"분위기 완전 바뀌었더라. 원곡보다 더 좋은 느낌?"

편곡을 준비하고 있던 유찬은 놀란 얼굴로 고개를 들었다.

도영은 그런 유찬의 옆에 앉아 말을 옮겼다.

"형이 저렇게 쩔쩔매는 거 처음 보네. 이야, 진풍경이다."

"그렇게 잘한대, 뉴 페이스가?"

"어, 우리랑 동갑이던데."

도영은 유찬의 어깨를 툭 치며 자리에서 일어났다.

"우리도 연습해야 할 거 아니야."

가뜩이나 순서도 저 팀 바로 앞이다.

JS 엔터의 데뷔조 바로 앞에 서면 나중에 비교당하는 건 당연지사.

조금이라도 기선 제압을 해놔야 덜 밀릴 터였다.

"그래, 시작하자."

유찬과 도영이 다시 연습에 들어갈 때.

은수는 여전히 멍한 눈빛으로 서 있었다.

"좋은데. 이걸로 하자."

"나도."

찬과 강원이 찬성하고 나서자 차마 반박을 할 수가 없었다.

은수는 분하지만 인정해야 했다.

이 곡은 충분히 좋았으니까.

"안무는 이대로?"

그래도 춤은 못 추겠지.

작곡에 재능이 있는 음악 천재는 JS 엔터에도 있었지만, 연습생 생활도 안 해봤는데 춤과 노래의 기본기가 과연 어느 정도 잡혀 있을까.

천재일수록 괜히 어려서부터 잘못된 습관을 끌고 오는 경우가 많다.

은수는 과연? 싶은 심정으로 상운을 주시했다.

하지만…….

"와, 뭐야?"

상운이 첫 소절을 부르자마자 연습생들의 시선이 그쪽으로 쏠렸다.

깊어가는 밤
그 밤의 적막 속에 앉아
얼마를 기다렸는지 몰라
그대가 오지 않는 밤

"좀… 하네."

은수는 식은땀을 흘리며 작게 중얼거렸다.

*　　　　*　　　　*

"자, 2팀 들어오세요."

첫 번째 순서는 도영과 유찬이 있는 2팀이었다.

도영은 침을 삼키며 앞으로 나섰다. 다른 건 몰라도 바로 뒤에 평가를 받는 은수에게 보탬이 되고 싶진 않았다.

객관적으로 봤을 때 2팀의 실력이 부족하긴 했지만…….

유찬이 늘 하던 말이 있었다.

'길고 짧은 건 대봐야 알지.'

그 말에 동감하며 연습실 중앙에 선 도영.

"시작할까?"

유지연 선생은 날카로운 눈길로 말을 던졌다.

"네에!"

"시작하겠습니다!"

음악이 흘러나오자, 도영은 진지하게 마이크를 잡았다. 2팀이 선택한 노래는 발라드풍의 아이돌 곡이었다. 보컬이 강점인 도영의 목소리가 흘러나오자, 유지연 선생은 의외라는 듯 두 눈을 크게 떴다.

"엄청 늘었는데?"

거기에 감성적으로 훅 들어오는 유찬의 랩까지.

아직 어린 친구들이지만 충분히 가능성이 있어 보였다.

은수와 비교당하는 게 싫었던 도영의 간절한 보컬.

보면 볼수록 발전하는 모습이 보였다.

댄스도 마찬가지였다. 댄스가 메인인 노래는 아니었지만, 호소력 있는 춤 선이 부드럽게 흘러갔다.

"확실히 늘었죠?"

"그렇다니까요. 연습할 때도 저 정도는 아니었는데, 더 늘었네."

유지연 선생은 흡족한 미소를 지으며 입을 열었다.

"엄유찬 A, 도영이도 A. 나머지 친구들은 B."

"와아아아!"

원래 B, C를 왔다 갔다 했던 2팀에게는 엄청난 희소식이었다.

최소한 연습생에서 잘리지는 않겠다는 생각에 환호성이 이어졌다.

이제 그다음은…….

유지연 선생은 명단을 보곤 만족스럽게 웃었다.

"얘네 들어오네."

"잘할 거 같지 않아요?"

유지연 선생뿐만 아니라 다른 트레이너와 JS 직원들도 모두 같은 생각이었다. 이 친구들이 가장 기대주였으니까.

여기에 새로 들어온 친구까지.

"얘가 이 팀으로 갔네요? 상운이?"

"연습할 때 보니까 괜찮던데."

"오늘 봐야 알죠. 그래도 3팀 깎아 먹진 않았으면 좋겠는데."

상운의 실력을 본 적 없었던 JS 직원들은 고개를 갸우뚱했다.

아무리 잘하는 팀이라고 해도 괜히 미꾸라지 한 마리가 물을 흐리는 경우가 많다.

아직 데뷔도 하지 못한 어린 연습생들이라면 더욱 그랬다.

그렇다 보니 모두의 시선이 자연히 뉴 페이스 상운에게 쏠릴 수밖에 없었다.

'기본은 할까?'

그런 호기심을 가르고 상운이 인사를 하며 들어왔다.

"안녕하세요!"

"잘 부탁드립니다!"

일단 기가 죽어 있진 않다. 오히려 옆에 선 애들보다도 자신감이 넘쳐흐르는 모습. 유지연 선생은 흥미로운 눈길로 상운을 바라보았다.

선곡은 「깊어가는 밤」.

원래는 몽환적인 리듬에 조금씩 늘어지는 곡이다.

그런데.

"뭐지?"

전주가 나오자마자 유지연 선생은 깜짝 놀랐다. 리드미컬하게 편곡된 노래. 심지어 원곡보다 더 좋았다. 상운은 싱긋 웃으며 앞으로 걸어 나왔다.

깊어가는 밤
그 밤의 적막 속에 앉아

"와."

"쟤 뭐냐."

"이야, 저런 애가 들어왔어?"

이 팀의 에이스는 은수다. JS 엔터의 독보적인 연습생.

하지만, 그런 은수보다도 탄탄한 보컬에 부드러운 목소리가 유지연 선생을 홀리기 시작했다.

저절로 벌어지는 입.

심지어 퍼포먼스까지 흠잡을 데가 없다.

원래는 퍼포먼스가 적게 들어가는 곳이었지만, 편곡 덕에 경쾌해진 분위기가 자연스럽게 댄스를 이끌어냈다.

순식간에 돌아서며 심사 위원들을 홀리는 완벽한 춤 선.

얼마를 기다렸는지 몰라

그대가 오지 않는 밤

비주얼부터가 장난 아니라는 생각은 했지만, 제법 표정까지 관리한다. 눈웃음이 매력적이라 데뷔만 하면 팬들을 끌어모을 거 같다.

급기야 심사 위원들을 향해 장난기 어린 눈짓을 보내기 시작한다.

전혀 긴장하지 않은 모습.

옆에서 흔들림 없이 받쳐주는 다른 멤버들의 틈 사이에서 상운은 보란 듯이 빛났다.

"푸하하하."

"애가 끼가 장난이 아니네."

살다 살다 저런 연습생은 처음 본다.

도영은 멍한 얼굴로 3팀의 공연을 지켜보았다.

분명 동갑인데… 느껴지는 엄청난 재능의 차이.

"와, 죽인다. 나 저런 애 첨 본다. 쟤 데뷔해도 되겠다."

도영은 저도 모르게 중얼거리면서 고개를 떨궜다.

노래, 춤, 표정까지.

삼박자가 맞아떨어진, 프로다운 무대.

노래가 끝나자마자 심사 위원들 사이에서는 박수가 터져 나왔다.

"와아아악!"

"미쳤다!"

유지연 선생은 웃으며 상운을 바라보았다.

"너, 이름이 상운이지?"

"네, 그렇습니다!"

이 노래를 강원이가 작곡했을 리는 없고.

다른 멤버들의 손길이 간 건 더 아닌 것 같다.

그렇다면…….

"이 노래, 네가 작곡했니?"

"네!"

와아.

여기저기서 탄성이 튀어나온다.

원곡보다 좋았던 무대. 상운의 자신감 넘치는 미소가 보는 사람들을 감탄하게 했다. 이때만큼은 줄곧 1등을 지키고 있던 은수도 긴장할 수밖에 없었다.

"월말 평가 1등 정해졌네."

더 볼 것도 없다.

"워후!"

"나상운! 나상운! 나상운!"

그것이 블랙빈 상운의 화려한 첫 무대였다.

제5장

[외전] 아이돌 리부팅 프로젝트

ON AIR.

배경의 빨간불이 켜지자마자, 탑보이즈 멤버 다섯이 웃으며 자리에 앉는다.

아이돌 리부팅 프로젝트.

MBS에서 진행하는 새로운 프로그램에 탑보이즈의 상준이 심사 위원으로 참여하게 되었기 때문.

특별히 네 사람이 게스트로 상준을 응원하기 위해 나왔다.

"간단히 질문드리면 되겠죠?"

"네! 준비됐습니다!"

탁.

슬레이트 소리와 함께 상준이 정면을 바라본다.

첫 번째 질문이 스튜디오 화면을 가득 채웠다.

무난한 질문이다.

Q. 탑보이즈를 여기까지 키워준 원동력이 뭐라고 생각하나요?

"멤버들이라고 생각합니다."

상준은 웃으면서 멤버들을 천천히 돌아보았다.

이 자리에 오기까지 함께해 준 멤버들.

그들에 대한 고마움의 표현이기도 했지만, 정확히 탑보이즈의 성공 요인을 꿰뚫는 말이기도 했다.

카메라로 만들어진 이미지가 아닌, 다섯의 솔직한 케미가 팬들을 이끌었다. 상준은 웃으며 부연 설명을 더했다.

"정확히는 멤버들 각각의 매력이요. 다 조금씩 부족해 보이지만 나름의 매력을 가진 친구들이라……."

"뭐?"

"하하."

Q. 탑보이즈 멤버들은 어떤 매력이 있죠?

뒤이어 질문이 화면에 떠오르자, 상준은 자신감 넘치게 마이크를 들었다.

매력이야.

이 주제로 10분을 떠들어도 소재가 끊이지 않을 터였다.

"일단 저는 잘생겼고, 성실하고, 능력 있고……."

삐—.

(편집)
"이거 잘릴 거 같은데, 형?"
"그래?"
"네, 방금 전에 화면 조정 시간으로 넘어갔어요."
"저… 저런."

[화면 조정 시간입니다. 물소리를 들으며 마음의 평안을 되찾아보아요 ^^]

Q. 본인 말고 다른 멤버들이요.

그제야 정상적인 대답이 돌아온다. 상준은 선우의 어깨에 손을 올리고선 칭찬의 말을 건넸다.
일단 섬세하고 착한 리더다운 선우.
모자라지만 솔직한 제현.
자칭 탑보이즈의 브레인인 유찬.
마지막으로…….
"그냥 도영이 있고요."
"나는 왜 그냥이야."
"아, 그냥 생각이 안 났어."
"…뭐?"
우당탕탕.
황급히 방송에서는 다음 질문을 꺼내놓았다.

Q. 이미 세계 정상에 올라서 있는데요. 앞으로 해보고 싶은 일이 있나요?

새 앨범을 낼 때마다 가요계의 정상은 물론, 세계 무대를 뒤집어놓는 탑보이즈다. 그들의 행보에 케이팝의 역사가 바뀌고 있다고 해도 과언이 아니었다.

그런 탑보이즈 상준에게 앞으로 해보고 싶은 일이 있다면…….

질문을 기다리고 있는 스태프들의 긴장한 얼굴이 카메라에 비쳐진다.

상준은 씨익 웃으며 입을 뗐다.

예전부터 꼭 해보고 싶은 일이야…….

하나 있었다.

마이데이 프로젝트를 진행할 때.

홍주형과 한새별을 발굴했을 때도.

“프로듀서.”

상준은 마이크를 꽉 쥐고 카메라를 똑바로 응시했다.

“제 힘으로 누군가를 끌어올려 줄 수 있는 일을 해보고 싶어요.”

[아이돌 리부팅 프로젝트, 리부터! 3월 25일부터 출연자를 모집합니다!]

*　　　*　　　*

“뭐 보고 있었어?”

구성역의 한 카페. 아메리카노 두 잔을 내놓고 있던 세연은 흠칫 놀란 얼굴로 뒤를 돌아보았다.

푸근한 인상의 카페 사장.

그는 의아한 얼굴로 세연의 시선을 따라갔다.

그녀의 시선이 고정되어 있던 곳은 태블릿에서 흘러나오고 있던 광고 방송.

MBS에서 진행한다는 아이돌 리부팅 프로젝트 출연자 모집 관련 내용이었다. 수없이 나오는 무수한 아이돌 중에서 빛을 보지 못하고 묻혀 버린 아이돌들. 그들을 다시 수면 위로 끌어올리겠다는 목적을 갖고 만들어진 방송이었다.

그 내막을 얼핏 파악한 카페 사장은 넌지시 세연에게 말을 던졌다.

"너, 아직도 저런 거 빠져 있냐?"

"그럴 리가요."

세연은 머쓱하게 웃으며 고개를 저었다.

정리해야 할 잔이 아직 많았다. 이걸 모두 씻기 전까진 저런 광고 따위에 현혹되지 않기로.

아니, 그냥. 이번 생에는 생각하지 않기로 했잖아.

"맞는 거 같은데?"

"아, 진짜 아니에요. 저 미련 버렸어요."

카페 사장의 은근한 물음에 세연은 단호하게 선을 그었다.

하지만, 그녀가 예전에 무명 아이돌 출신이었다는 걸.

그 그룹이 해체되고 나서도 다시 연습생을 해보겠다며 알바를 시작했다는 걸 아는 카페 사장은 그냥 넘어가지 못했다.

"왜? 여기 처음 들어올 땐 생활비 번다며. 연습하러 간다고."

맞다.

그랬던 적이 있었다.

해체된 이유가 소속사 때문이라고.

띄워주기는커녕 무한히 방치했던, 힘없던 소속사 탓이라고.

그렇게 생각했던 때가 있었다.

하지만, 지금의 세연은 그렇게 어리지 않았다.

'어차피 안 될 거였던 거야.'

그냥 자신은 재능이 없었고, 운도 없었던 거라고.

정말 뜰 친구라면 진흙탕 한가운데에서도 떴을 거라고.

시간이 흐르면서 자연히 그렇게 받아들였다.

"저 그런 거 안 해요, 이제. 너무 늦었거든요."

"야, 네가 뭐가 늦었어."

가까이서 본 세연은 성실하고 착한 친구였다.

그런 애가 그토록 바라왔던 꿈을 접는다니.

괜히 아쉬워진 카페 사장은 손사래를 쳤다.

"네가 늦은 나이면, 나는 늙어서 죽을 나이냐."

"그게 아니라……."

세연은 어색한 미소를 흘렸다.

올해로 24살. 그래, 인생에 있어서 늦은 나이는 아닐 수도 있다.

하지만, 아이돌로는? 냉정하게 늦은 나이가 맞았다.

인생을 걸고 다시 도전을 하기엔 너무 늦어버린 나이.

세연은 24살의 상준을 머릿속으로 그렸다.

이미 그때의 상준은 빌보드 무대에서 화려하게 주목받지 않았던가.

한편 자신은…….

"됐어요."

세연은 홀 구석으로 자리를 피했다.

괜히 몇 마디를 더 던졌다가는 정말 하고 싶어질 거 같았으니까.

간신히 접었던 미련을 다시 가질 것만 같아서.

세연은 고개를 숙이고 수도꼭지를 틀었다.

콸콸콸.

"……."

흘리고 싶은 눈물처럼 시원하게 물줄기가 쏟아지던 순간.

띠링—.

세연은 주머니에서 진동하는 휴대전화를 꺼냈다.

"어?"

익숙한 이름이 상단에 떠 있었다.

이정아.

세연과는 무명 걸 그룹 시절 알게 된 지인이었다.

데뷔와 동시에 묻혀 버렸던 세연처럼, 정아의 그룹도 크게 다를 것이 없었다.

그도 그럴 것이, 1년에 수많은 아이돌들이 데뷔한다.

그중 대중이 아는 건 몇 프로나 될까.

이름이라도 들어봤는데?

싶은 그룹이라면, 그중에서도 성공한 축이다.

대다수는 이름을 말했을 때, 들어보지도 못했을 친구들이니까.

팬?

거의 없다시피 했다.

길거리를 마스크 하나 안 쓰고 걸어 다녀도 알아보는 사람이 없었다.

이름만 아이돌일 뿐, 사실상 일반인의 삶.

그렇게 살아온 둘이라 공감대가 맞았다.
조금씩 친해져서 각별하게 된 사이.
세연은 흐릿한 미소를 띤 채 정아가 보낸 문자를 확인했다.

[오늘 시간 돼?]
[알바 끝나면 8시!]

마침 술이 당기는 건 이쪽도 마찬가지.

[끝나고 소주 한잔?]
[ㅇㅋ!]

세연은 미소를 지으며 휴대전화를 주머니에 밀어 넣었다.

* * *

"진세연! 이쪽, 이쪽!"
흔들흔들.
카페 알바가 끝나자마자 세연은 곧장 정아가 있는 곳으로 향했다.
테이블 구석에서 세연을 발견한 정아가 손을 흔들었다.
"오래 기다렸어?"
"별로? 안주 시킬까?"
"…콜."
세연만큼이나 바쁘게 사는 건 정아도 마찬가지였다.

아이돌을 그만둔 이후에, 정아는 미용 쪽을 도전했다.

학원을 다니면서 열심히 배워가는 모양.

세연은 넌지시 정아의 하루를 물었다.

"오늘은 어땠어?"

"재미… 는 있는데."

왜인지 금세 어두워지는 낯빛.

정아는 머리를 긁적이며 소주잔을 들었다.

미용 일을 선택한 걸 후회하진 않지만, 뭐랄까.

"너랑 같이 무대 올랐을 때가 더 좋았어."

"어……?"

갑작스러운 한마디.

세연은 놀란 심장을 진정시키고선 피식 웃었다.

"갑자기 웬 추억 회상?"

"그냥… 가요 무대에서 만났을 때 있잖아."

카메라의 주목을 받는 다른 가수들과는 달리, 항상 구석에 있던 둘이다. 보이지 않는 곳에서 눈짓을 주고받으며 점점 더 친해질 수 있었다.

그때의 기억을 꺼내놓자 왠지 더 씁쓸해졌다.

크.

소주잔을 한 번에 넘긴 세연은 손사래를 치며 말을 이었다.

"그만하자. 그 얘기. 나 슬퍼지려 해."

"…그래서 말인데."

한참을 고민하던 정아의 입에서 담아두었던 말이 튀어나왔다.

오늘 세연을 만나려 했던 이유.

"나, 그거 도전해 보려고."

"……?"

"아이돌 리부팅 프로젝트."

뭐? 세연은 두 눈을 크게 뜨며 정아를 돌아보았다.

두 번 다신 이런 거 하지 않는다고.

누구보다 단호하게 떠났던 것이 정아였다.

안 될 거라는 걸 알았으니까, 미련 없이 포기하겠다고.

자꾸만 흔들리던 세연을 잡아 세운 것도 정아였다.

그런 정아의 입에서.

"진심이야?"

또 한 번 미련을 가져보겠다는 말이 튀어나올 줄은 몰랐다.

"…한참을 고민했는데."

정아는 한숨을 내쉬며 힘겹게 말을 토해냈다.

"나… 이거 아니면 못 살 거 같아."

"……."

"지금 도전 안 해보면 내가 너무 미련해서. 두고두고 후회할 것 같아."

정아의 눈빛이 빠르게 일렁였다.

금방이라도 눈물을 쏟아낼 것 같은 큰 눈에 세연의 얼굴이 비쳐졌다.

"한 번뿐인 기회잖아. 두 번 다시 오지 않을 거고. 그래서……. 먼 훗날. 나 후회하고 싶지 않아서. 한번 해보려고, 세연아."

"그래……. 그래, 잘 생각했어."

세연은 흐릿하게 웃으며 정아의 어깨를 토닥였다.

얼마나 힘겹게 결단했으리라는 걸 알기에.
응원할 수밖에 없었다.
"응원해 줘. 나, 한번 잘해볼게."
울먹이던 정아는 끝내 울음을 터뜨렸다.
세연은 그런 정아를 꼭 안았다.
토닥토닥.
정아의 등을 토닥이면서, 세연은 천천히 고개를 끄덕였다.
"왜 울어."
"나 한심한 거 같아서. 하, 안 될 거에 또 목숨을 걸어버리네. 그치?"
정아는 눈물을 훔치며 배시시 웃었다.
세연은 정연의 두 손을 꼭 쥔 채 진심으로 응원했다.
"너, 원래 그랬잖아. 하겠다는 건 다 했잖아."
"그러게. 잘된 건 없지만."
"에이, 무슨 소리야."
정아가 저렇게 나서니 세연의 마음이 흔들리는 것도 사실.
그렇게 말하면서도 세연은 미묘한 감정의 변화를 느끼고 있었다.
나도 도전해 볼까. 아니, 후회하게 될까.
양가적인 감정이 그녀를 휩쓸고 있었으니.
그리고 그 마음을 정아가 모를 리 없었다.
사실 이 말을 세연에게 건넨 이유도…….
"그래서 말인데."
"어?"
"너랑 나, 라이벌이었던 거 기억나지?"
세연은 그게 무슨 소리냐는 듯 두 눈을 끔뻑였다.

뭐, 따지고 보면 라이벌이긴 했다.
둘 다 무명이었으니.
그들만의 리그라고 해야 하나.
데뷔하고 나서부터 서로를 보며 많은 자극을 받아왔긴 했으니.
틀린 말은 아니다.
그런데, 이 상황에서 그 말이 왜 나오는 거야.
"우리 다시 한번 라이벌 해보자고."
"정아야……?"
떨리는 목소리로, 정아는 조심스레 입을 뗐다.
"너도 나가보자."
"내가?"
"우리 같이 나가자. 아이돌 리부팅 프로젝트."
너를 몇 년을 봐왔는데.
내가 이걸 모를 리가 없잖아.
정아는 희미한 미소를 띠며 세연을 돌아보았다.
"너도 하고 싶어 했잖아."
"……."
"맞지?"
왈칵.
눈물이 흘러나왔다.

*　　　*　　　*

탑보이즈의 나상준.

유플라이의 서아린.
무명 생활을 이겨내고 성공한 수정.
마지막으로 원조 아이돌이었던 강주원까지.
아이돌 리부팅 프로젝트의 심사 위원은 이 네 명이었다.
아무래도 안면이 있는 사이다 보니, 카메라가 정식으로 돌아가기 전에도 넷은 밝은 얼굴로 대화를 주고받고 있었다.
수정은 떨리는 목소리로 옆에 앉은 상준을 향해 속삭였다.
"내가 더 떨려요."
"그래요?"
끄덕끄덕.
이 중에서도 무명 생활을 가장 오래 해온 것은 수정이었다.
상준은 아까부터 떨고 있는 수정의 마음을 이해했다.
사실 상준의 「REVERSE」 앨범이 아니었다면, 지금 수정은 이 자리에 없었을지도 모르니까.
수정은 상준을 전적으로 신뢰했다.
그렇기에, 이번 아이돌 리부팅 프로젝트가 빛을 보지 못한 후배들에게도 더할 나위 없을 좋은 기회일 거라고 생각했다.
이들에게 빛을 비춰주는 것이 프로그램의 몫이라면, 날개를 달아주는 것은 분명 상준일 것이라고 느꼈기 때문이었다.
상준은 웃으며 수정에게 넌지시 물었다.
"어떤 애들이 나올 거 같아요?"
"글쎄요. 아마… 연차 있는 친구들도 꽤 나올 거 같던데."
미리 프로필을 훑어본 강주원이 둘의 대화에 끼어들었다.
"제법 이름 들어본 친구들도 나오더라고."

"와, 진짜요?"

"애매하게 뜬 친구들. 많잖아, 이 바닥에."

상준은 강주원의 말에 동감하며 고개를 끄덕였다.

제대로 스타로 자리매김하기 전까진 수익이 들어와도 아이돌에게 제대로 분배되는 경우는 적었다.

그렇게 어설프게 이미지 소비만 되다가 묻혀 버리는 케이스들.

결코 적지 않았다.

강주원은 상준을 향해 프로필 하나를 건넸다.

"이 친구들이에요?"

"어엉."

"에시트?"

아, 기억이 났다.

탑보이즈 데뷔 1, 2년 차 때였나. 음악방송에서 본 기억이 있었다.

음악 하나로 제법 10위권 안에까지 들다가 그 뒤로는 소식이 없었다.

말 그대로 금세 잊힌 가수였다.

YH 엔터…….

"으음. 여기였구나."

상준은 익숙한 엔터의 이름을 보고는 작게 중얼거렸다.

예전이라면 조금 복잡한 심경이었겠지만, 지금은 아니었다.

여전히 중소 엔터에 머물러 있는 YH 엔터와는 달리, JS 엔터는 지난 몇 년간 눈에 띄게 성장했다.

설령 YH 엔터 관계자와 다시 마주하게 된다고 해도, 이전처럼 겁먹지 않을 자신이 있다는 소리였다.

상준은 천천히 고개를 끄덕이며 프로필을 덮었다.

에시트는 그나마 인지도가 있는 케이스였지만, 다른 친구들은 아니었다.

정말 처음 들어본 친구들도 있었고.

어차피 마냥 인지도를 기준으로 심사할 생각도 아니었다.

그때였다.

생글거리던 수정이 조심스레 물어왔다.

"궁금한 게 있는데."

"네."

"어떤 친구들 뽑고 싶어요?"

프로듀서로서의 재능이 탁월한 상준.

그가 진흙 속에 묻혀 있던 자신을 발견했듯이, 이번에도 그럴 거라 믿었기에.

그런 안목의 기준이 새삼 궁금해졌기 때문이었다.

몇 년 전, 자신에게 「REVERSE」를 쥐여준 이유도 못내 궁금했고.

"으음."

수정의 질문에 상준은 의미심장한 미소를 흘렸다.

사실 거창한 이유는 없었다.

"뻔한 얘기긴 한데……."

"네."

"좀 절실한 사람?"

상준은 싱긋 웃으며 말을 이었다.

"여기 오는 사람들 중에 절실하지 않은 사람은 없다지만."

"그렇죠."

"진짜 절실하면 보여요… 그게."
상준이 봤던 그날의 수정처럼.
그리고 유플라이처럼.
"……!"
상준의 마지막 말이 끝남과 동시에.
"촬영 시작하겠습니다!"
카메라 불빛이 켜지며 첫 번째 무대가 시작되었다.

* * *

진세연과 이정아.
소속되어 있던 그룹도 다른 둘이었지만 공통점은 있었다.
정말… 낯설었다.
데뷔를 한 친구들이 맞나 싶을 정도로.
들어본 적도 없던 그룹이었으니까.
하지만, 비주얼은 충분히 이목을 집중시킬 법했다.
조용하면서도 청순해 보이는 분위기의 세연.
그리고 명랑해 보이는 단발머리의 이정아.
톡톡 튀는 듯한 비주얼에, 스태프들 틈에선 탄성이 터져 나왔다.
카메라맨들은 둘의 얼굴을 카메라에 담기 위해 아까 전보다 훨씬 분주해졌다.
"이쪽, 이쪽으로."
방송에 쓸 그럴싸한 소재가 나온 건가.
그런 생각이 들었지만.

상준을 포함한 심사 위원들은 그 모습을 보지 못했다.

"으음. 시작해 주세요."

전부 등을 돌린 채 앉아 있는 네 명의 심사 위원들.

이들의 고개를 돌릴 수 있는 건 오직 무대뿐이었다.

무대를 듣고 감명 깊으면 버튼을 누르면 된다.

그것이 바로 1라운드의 규칙이었다.

순전히 보컬 실력이 중요한 1라운드.

뒤로는 퍼포먼스 무대도 준비되어 있다지만, 현재로선 귀에 집중할 수밖에 없었다.

과연 어떤 무대를 선보일까.

상준은 침을 삼키며 무대를 기다렸다.

그 순간.

디리링—.

듣기 좋은 반주가 흘러나왔다.

고개를 까닥이며 좋아하는 아린.

그리고, 누구보다 동그래진 눈으로 놀라는 상준.

'이 노래를 선곡한다고?'

탑보이즈의 「어릿광대의 죽음」.

탑보이즈의 노래 중에선 비교적 인지도가 낮은 편이었다.

그도 그럴 것이 타이틀곡이 아니니까.

'퍼포먼스 위주의 노래는 아니지.'

밝은 멜로디에 슬픈 가사.

감정선이 상당히 중요한 노래였다.

상준은 기대 어린 눈빛으로 허공을 올려다보았다.

그렇게, 첫 소절이 시작된 순간.

어둠뿐인 숲속을 지나

도망쳐 온 이곳

검은 눈동자 속에

나는 여전히 파묻혀 있어

상준은 저도 모르게 입을 벌렸다.

'뭐지?'

원래는 상준의 파트였다.

탑보이즈 버전만 들어와서 그런가.

하이 톤으로 이 노래를 듣는 것은 처음이었다.

속삭이듯 읊조리는 목소리.

마치 상준의 귓가에서 속삭이는 것만 같았다.

한 소절 한 소절이 흘러나올 때마다, 심장이 아려오는 기분.

왜일까.

도영은 이 노래를 부르면서 눈물을 흘렸다.

그때의 자신의 모습과 너무도 닮아 있는 가사라서.

이 친구들도 그랬다.

깊은 어둠 속을 지나칠 때마다

익숙한 소리가 들려와

듣고 싶지 않은 말들이

자꾸만 내 귀에 속삭여

세연의 맑은 목소리가 심장을 톡, 조심스레 때리고 가면.
정아가 탄탄한 화음으로 곡을 한층 서글프게 만들어준다.
그들이 주변에게 들어왔던 말들.

할 수 없을 거라
의미 없는 거라
그렇게 속삭이던 말들

오버랩되듯이 화음으로 조금씩 쌓여갔다.
원래 「어릿광대의 죽음」에 포함된 파트가 아님에도 자연스레 흘러갔다.
상준은 알았다.
둘이 저 무대 위에서 이 노래를 자신의 것으로 만들고 있다는 사실을.
오늘만큼은 그렇게 하기 위해 최선을 다하고 있다는 사실을.
대놓고 슬픈 감정을 강요하는 보컬은 아니다.
마치 옛날이야기를 들려주듯 덤덤하면서도 많은 감정을 토해내는 보컬.

나는 버려져도 아무렇지 않아
모두가 나를 외면해도
It will be alright
나는 이제 숨어버릴래

1절이 끝나려는 순간.

참고 있던 아린이 버튼을 눌렀다.

"와."

뒤늦게 몰입하고 있는 세연과 정아를 보면서 감탄하는 아린.

그 반응에 궁금해 미칠 지경이었던 강주원과 수정이 동시에 버튼을 누른다.

마지막으로.

"미쳤네."

상준도 버튼을 눌렀다.

아무것도 모르던

그때 그 소녀로

모두가 비웃어도 홀로 노래 부르던

나로 돌아가고 싶어

네 명의 심사 위원이 전부 고개를 돌린 상황.

그 상황에서도 세연은 마이크를 손에 꽉 쥔 채 감정을 실었다.

어둠 속에서 한 걸음씩 걸어오는 세연.

그 모습이 마치 천사처럼 느껴져서.

상준은 혀를 내둘렀다.

It will be alright

It will be alright

"나는 이제 숨어버릴래……."

마지막 소절과 함께.

"와아아아아!"

스튜디오에선 이내 탄성이 터져 나왔다.

*　　　　*　　　　*

무대가 끝나고 정적이 이어졌다.

무대가 남긴 여운 때문에 쉽사리 입을 열지 못하는 심사 위원들.

간신히 마이크를 쥔 것은 원곡자인 상준이었다.

"왜 이 노래를 선곡했어요?"

"숨고 싶을 때가 많았어요. 그럴 때마다 들었던 노래였어요."

세연은 떨리는 목소리로 답했다.

상준은 부드럽게 웃으며 고개를 끄덕였다.

그런 마음으로 만든 노래가 맞았으니까.

하지만, 마냥 숨고 싶었어도.

오늘은 이렇게 용기를 내준 둘이 너무 고마웠다.

무대의 조명에 닿아 둘의 얼굴이 환하게 빛났다.

상준은 싱긋 웃으며 세연에게 물었다.

"저희 만난 적 있어요. 알아요?"

"네……?"

세연은 놀란 얼굴로 뒤늦게 고개를 끄덕였다.

탑보이즈는 신인 때부터 줄줄 성공 가도를 걸었으니, 마주쳤던 세연이 모를 리 없었다.

하지만, 상준이 자신을 기억할 줄은 몰랐다.

"프로필만 봤을 때는 조금 헷갈렸는데. 오늘 무대 보니까 기억이 나네요."

"헉."

"대기실에서 만났잖아요."

뮤직월드 MC를 할 당시에 세연의 데뷔무대를 봤던 기억이 났다.

그때와 똑같은 맑은 목소리 덕분에 단번에 알아볼 수 있었다.

세연은 감격한 얼굴로 고개를 격하게 끄덕였다.

"맞아요……!"

"아, 예전에 만난 적이 있었군요."

"그러게요, 이런 인연이 있네요."

강주원이 웃으며 마이크를 들었다.

첫 번째 감상은 넷 중에 가장 선배인 강주원의 몫이었다.

"전 좋게 봤어요. 감정 전달도 확실하고… 춤추면서 라이브로 한 거 맞죠?"

"네!"

"음정 흔들리지 않고 잘하더라고요."

세연과 정아는 동시에 고개를 숙였다.

"감사합니다!"

"잘해서 잘했다고 한 건데요, 뭐."

이렇게 보니 다시 신인이 된 것 같다.

실제로 신인일 때 해체하기도 했지만, 당찬 패기와 절실함이 마치 데뷔할 때의 그것 같아서. 상준은 묘한 향수감에 잠겼다.

곧바로 수정과 아린의 감상평이 이어졌다.

유플라이의 메인보컬로 오랫동안 사랑을 받아왔던 아린.

그녀가 봤을 때도 이번 무대의 보컬은 훌륭했다.

흠잡을 데가 없이 촘촘하고 완벽했다.

“무대를 준비하려고 러닝머신에서 연습했다면서요?”

“네. 아무래도 음정이 흔들릴 거 같아서.”

“상준 씨도 이렇게 연습하지 않아요?”

“아, 네. 맞아요. 탑보이즈도 그렇게 하죠.”

상준은 웃으며 엄지손가락을 치켜들었다.

아린은 만족스러운 미소를 지으며 말을 이었다.

“2라운드의 퍼포먼스도 기대하겠습니다.”

“네, 감사합니다!”

“열심히 하겠습니다!”

웃으면서 그렇게 대답하지만.

상준은 둘의 눈빛이 미묘하게 일렁이는 것을 눈치챘다.

힘들었던 기억이 지금 저 무대 위에서 주마등처럼 스쳐 가지 않을까.

그런 둘을 위로해 주고 싶은 마음이었다.

칭찬할 점은 너무도 많았다.

신인답지 않은 감정선. 정확한 음정.

아니, 이런 기본적인 보컬을 떠나서도.

노래를 표현하는 기법이 너무 매력적이었다.

일반적인 가수들의 노래가 유화처럼 슥슥 화려하게 칠하는 모습이라면.

둘의 무대는 수묵화와 같았다.

붓을 들어 조금씩, 섬세하게 색을 물들여 가는 과정.

그 모습을 귀로 들을 수 있어 행복했다.

"너무 좋은 무대였어요."

상준의 한마디에 긴장하고 있던 세연의 얼굴에도 화색이 돈다.

상준은 둘을 번갈아 돌아보며 말을 이었다.

"제가 생각하기에… 이 무대는 기억될 것 같아요."

세연 씨와 정아 씨의 이름을 기억하지 못했던 사람들도.

"오늘 이 무대만큼은 기억할 거 같아요."

상준의 미소가 조명에 빛났다.

*　　　*　　　*

「세연X정아, 역대급 유닛 선보여. 아이돌 리부팅 프로젝트에 쏟아지는 관심」

「세연X정아 전설의 무대. '오늘 이 무대를 대중이 기억할 것'」

—이거 본 사람? 진짜 미쳤다. 안 본 사람은 있어도 한 번만 본 사람은 없다는 전설의 무대

ㄴ진짜 보고 있으면 빨려 들어가는 느낌

ㄴ내가 저 자리에 있었어도 버튼 누르고 바로 공연 보러 감ㅋㅋㅋ

ㄴ바로 콘서트 티켓 예매한다 아 ㅋㅋㅋㅋㅋㅋㅋ

—얘네가 어떻게 안 떴지?

ㄴ나도 보면서 이 생각함. 근데 이 생각 들게 하는 애들이 많더라고.

ㄴ맞아 빛 못 본 애들 진짜 많더라

ㄴ음방 몇 개가 전부. 데뷔앨범 내고 나서 활동도 제대로 못 했더라

ㄴ소속사 잘 만나야 하는 듯 ㅠㅠ

ㄴ이제라도 확 떴으면 좋겠다

ㄴ대박 나자!!! 얘들아!!!!

—오늘 이 무대를 대중이 기억할 것

ㄴ크 지렸다.

ㄴ이거 끝에 애들 우는 거 넘 마음 아팠음 ㅠㅠ

ㄴ흐에에엥 울지 마 ㅠㅠㅠㅠㅠ

1라운드 방송이 나간 뒤에 둘의 이름은 실검을 장악했다.

지상파의 예능프로는 그 어떤 음악방송보다도 확실한 파급력을 가지고 돌아왔다.

원래는 주목조차 받지 못했던 둘에게도 팬들이 생겼고, 응원해 주는 이들이 늘어나기 시작했다.

상상조차 할 수 없었던 변화였다.

물론 화제의 중심에 선 건 세연과 정아뿐만이 아니었다.

그 둘 못지않게 인기를 얻게 된 건 YH 엔터의 4년차 걸 그룹 에시트.

—세연이가 노래 잘 부르긴 하는데. 솔직히 퍼포먼스는 에시트 아니냐?

ㄴ노래도 얘네가 더 잘 부르는 거 같은데 ㅋㅋㅋㅋ

ㄴ여유가 있다랄까

ㄴㅇㅈㅇㅈ

ㄴ여유는 절대 무시 못 함. 얘넨 4년 차잖아

ㄴ세연이랑 정아는 둘 다 쌩신인 보는 느낌이긴 해

ㄴ벌써부터 무슨 퍼포먼스래 ㅋㅋㅋㅋ 1라운드는 퍼포 위주도 아니었잖아?

ㄴ딱 보면 각 나오지 뭐 ㅋㅋㅋㅋㅋㅋㅋㅋ

—에시트 흥해라!! 대박 나자!!

ㄴ1등은 얘네지

ㄴ경험의 차이를 보여주자 ㄱㄱㄱ

참가자 중에서 가장 인지도가 높았던 가수가 에시트다.

아무리 한 곡만 뜨고 금세 묻혀 버린 가수라지만, 그 한 곡이 주는 파워를 무시할 수는 없었다.

양들이 뛰어노는 잔디밭 위에 늑대 한 마리를 풀어놓은 것과 같은, 어마어마한 경력의 차이였으니까.

어쩌면 출발점부터 다르다고 느껴질 수 있는 경기.

아이돌 리부팅 프로젝트에서 가장 주목하는 친구들이기도 했다.

"에시트 들어오세요."

웅성웅성.

2라운드부터는 방청객을 받은 터라, 분위기가 남다르다.

다른 팀과는 달리, 에시트가 등장하자마자 스튜디오에 열기가 오르기 시작했기 때문이다.

"에시트! 에시트! 에시트!"

흐음.

상준 역시 1라운드 때 흥미롭게 봤었다.
파워풀한 보컬 라인과 퍼포먼스로 기선 제압을 하고 나섰던 에시트.
"와아아아!"
기대 속에 시작한 에시트의 무대.
메인보컬이 자리를 박차고 튀어나온다.
'아, 이런 느낌이군.'
보컬 위주로 감상할 수밖에 없었던 1라운드와는 달리, 2라운드는 아예 처음부터 무대를 보고 감상할 수 있다.
그래서인지 1라운드 때보다 퍼포먼스에 힘을 쏟은 느낌이다.
상준은 흥미로운 눈길로 턱을 쓸어내렸다.
'YH 엔터 스타일.'
어디 안 갔네.
상준은 피식 웃으며 고개를 끄덕였다.
소속사마다 저마다의 스타일이 있는 법이다.
YH 엔터에 있었던 상준은 곧바로 그 스타일을 눈치챌 수 있었다.
춤 선에 힘을 100프로 쓰는 듯한, 강렬한 동작.
문제는 그 때문일까.
부족한 실력이 여실히 드러났다.
"음정 흔들리는데?"
"음. 확실히 흔들린다."
"그러게요."
심사 위원들 사이에서 달갑지 않은 평이 흘러나온다.
상준은 대답 대신 무대를 물끄러미 바라보았다.

자신감 넘치는 무대.

그건 좋지만…….

자신감만 넘치는 무대.

"……."

상준이 판단하기에 좋은 무대는 아니었다.

* * *

에시트의 무대가 예상외의 혹평으로 끝났다.

그에 비하면 점수는 제법 좋은 편이었다.

아쉬웠으니 다음 기회를 지켜보겠다는 뉘앙스.

하지만, 에시트의 자존심은 이미 깎여 나간 상황이었다.

"음정이 흔들렸다고? 아니, 지들도 춤출 때 그 정도는 흔들릴 거 아냐. 무슨 CD 틀어놓은 걸 바라나 봐."

"야, 걱정하지 마. 탑보이즈도 다 립싱크라던데."

"라이브 아니었어?"

"라이브겠냐고. 딱 보면 몰라."

투덜투덜.

카메라 밖을 나서자마자 필터링 없는 대화가 흘러나온다.

에시트는 분한지 숨을 헐떡이며 부채질을 했다.

하필 그 상황에 눈에 들어온 것이 두 희생양이었다.

"어, 쟤들이네?"

비록 비슷한 무명 신세라지만, 인지도와 경력 모두 비교도 안 되는 수준. 세연과 정아를 발견한 에시트 리더의 눈썹이 휘어졌다.

"어… 어?"

뒤늦게 에시트를 발견한 세연이 일어나 고개를 숙였다.

"안녕하세요!"

"안, 안녕하세요!"

"인사가 영 시원찮네."

뭐야, 이건 또.

같은 프로그램에 출연하는 입장에서 갑자기 웬 서열 정리를.

세연은 저도 모르게 인상을 찌푸렸다.

그걸 잡아챈 에시트의 분위기는 한층 험악해졌다.

"우리가 까마득한 선배인데. 내가 틀린 말 했어?"

"……."

"그럴 리가요. 오늘 무대도 정말 잘 봤습니다!"

정아가 생글거리며 리더에게 다가섰다.

연예계에 있을 때도 대단하다 싶을 정도로 선배들 비위를 잘 맞춰주는 편이었던 정아.

그녀의 활약에도 에시트의 시비는 이어졌다.

이쯤 되면 그냥 트집을 억지로 잡고 싶어 하는 수준이다.

"잘나가서 선배고 뭐고 없는 거 같던데, 요새."

"저희가요?"

"그렇긴 하더라."

불쑥.

둘의 사이에 끼어든 건 웬 남자의 목소리였다.

에시트의 2라운드 무대를 보러 왔던 YH 엔터의 최 실장.

낯선 얼굴에 세연은 놀란 얼굴로 침을 삼켰다.

하지만 최 실장은 괜히 멀쩡한 애들에게 타박을 놓을 생각은 아니었다.

"적당히 하고 들어가."

정확히는 상황을 빠르게 정리하기 위함이었으니.

다음 무대라도 제대로 준비해야 했다.

하지만.

"잠깐만요. 할 말이 남아 있어서."

소속사가 있는 에시트와 달리, 그렇지 못한 세연과 정아에겐.

이 자체로 엄청난 압박이나 다름없었다.

에시트의 리더는 피식 웃으며 세연을 노려보았다.

"적당히 하고 포기해. 인지도도 밀리면서 무슨."

"네……?"

"틀린 말도 아니잖아. 1라운드 반짝했다고 유세가 아주."

덜덜.

떨고 있던 세연이 힘겹게 입을 뗐다.

"왜 말씀을 그렇게 하세요?"

"뭐?"

괜히 인사로 트집을 잡는 것까지는 그러려니 했다.

하지만, 방금은.

이건 아니잖아.

이렇게라도 멘탈을 흔들어놓고 기를 죽이고 싶었던 걸까.

멀쩡한 오디션프로그램에서 대체 왜.

세연은 곧이어 그 이유를 알 수 있었다.

아이돌 리부팅 프로젝트.

좋은 취지에 의해 시작된 프로그램이긴 하지만, 결과적으로 살아남는 것은 다섯이다.
총 다섯 명만이 데뷔의 티켓을 거머쥘 수 있으니까.
"끝까지 살아남을 수 있을 거 같아? 진심으로?"
하.
최후의 5인 안에 들지 못하더라도 좋다.
하지만, 난데없이 시비를 걸어대는 비겁한 선배 같은 건 이기고 싶다.
감정이 격해진 나머지, 세연은 주먹을 꽉 쥔 채 말 한마디 한마디에 진심을 담았다.
"저는 최선을 다할 거예요."
"……."
"꼭 이겨 드릴게요."
"야, 미쳤어?"
다급히 세연의 손목을 잡아채는 정아.
하지만, 이미 주사위는 던져진 뒤였다.
세연을 시퍼런 눈길로 쏘아보는 에시트.
"너, 우리가 만만하구나?"
"……."
"말 가려서 하지. 이 바닥 잘 터뜨리면 너네 같은 애들은 그냥 묻어버릴 수도 있어. 알지?"
"그러게. 데뷔해 본 애들이 그렇게 멍청하면 되나."
에시트의 메인보컬은 최 실장을 돌아보며 피식 웃었다.
YH 엔터라는 든든한 뒷배.

거기에 기존에 있던 팬덤까지.

"…그, 그게."

에시트의 말이 맞았다.

감정 조절을 실패한 대가로, 생각보다 많을 걸 잃을 수도 있었다.

이미 한 번 고꾸라져 본 세연이기에, 두 번째 찾아온 기회를 날릴 수가 없었다.

그래서…….

"죄, 죄송……."

"뭐가 죄송하다는 거야?"

"……!"

복도 위로 묵직하게 울려 퍼지는 한마디.

저벅저벅.

대기 시간에 잠시 나와 있던 상준이 어깨를 으쓱이며 걸어왔다.

"그, 그게."

졸지에 상준의 앞에서 기 싸움을 여실히 보여준 상황.

아까 전까지 기세등등하던 에시트의 리더는 안절부절못하는 얼굴로 상준을 올려다봤다.

이런 모습을 보여주게 된 세연도 마찬가지였다.

하지만.

상준의 관심은 그 둘을 향하지 않았다.

그 옆에 가만히 서 있는 남자.

아까부터 상준의 시선을 열심히 피하고 있는 과거의 인연.

"오랜만이네요, 실장님."

결국 만났다.

YH 엔터의 최 실장을.

*　　　　*　　　　*

“상, 상준아.”
이렇게 만나게 될 줄은 몰랐다.
방송 중에도 일부러 안 마주치려 피해 다녔는데.
최 실장은 두 눈을 끔뻑이며 상준을 바라보았다.
저벅.
한 걸음 가까이 다가선 상준은 입을 여는 대신 싱긋 웃었다.
‘망했구나.’
가뜩이나 YH 엔터에 대한 감정이 좋지 않을 텐데.
이건 에시트에게 독을 끼얹는 것밖에 안 된다.
뒤늦게 그 판단이 선 최 실장은 다급히 변명하려 했다.
하지만, 이번엔 상준이 더 빨랐다.
“여전하신 거 같아요.”
“허허.”
이미 망했군.
최 실장은 고개를 끄덕이며 해탈한 듯 받아쳤다.
“그래, 사람이 변하면 안 되지.”
“그럼요.”
크게 악의가 있어 보이는 말투는 아니다.
최 실장은 속으로 안도하면서도 긴장을 놓지 못했다.
에시트와 세연, 정아를 스윽 돌아보는 상준.

"여기는 좋지 않은 거 같은데."

"할 말이 많이 남아 있지?"

"네, 뭐. 시간이 되신다면."

"그래, 들어가자."

어색한 재회.

나머지 애들을 돌려보내고 텅 빈 대기실에 단둘이 마주 서게 됐다.

아까와는 달리 한층 더 고요한 공기가 최 실장을 숨 막히게 했다.

한참을 고민하던 최 실장은 머리를 긁적이며 말을 토해냈다.

딴건 몰라도 에시트에게 피해가 가면 안 되니까.

"혹시나 해서 하는 말인데."

"네."

"개인적인 감정으로 애들을 떨구거나… 그러진 않았으면 좋겠다."

아, 에시트의 얘기라는 걸.

상준은 단번에 눈치채고선 피식 웃었다.

"아, 제가 그럴 것 같아서요?"

"그러지 않으리라는 거 누구보다 잘 알지만……."

"근데요."

"어?"

"굳이 제가 나서지 않아도 저런 마인드로는 못 살아남아요."

이미 에시트가 하는 말을 다 들었다.

날카로운 상준의 지적에 최 실장은 다시 고개를 떨궜다.

상준은 담담한 목소리로 입을 뗐다.

"내가 실패한 이유는, 남이 나를 밟고 올라가서가 아니라."

"……."

"내가 부족해서라는 거."

최 실장이 침음을 삼켰다.

"최 실장님이 항상 강조하신 말이기도 했잖아요."

그랬던 거 같다.

옛날에, 아주 옛날에.

적어도 그가 상준을 완전히 내쳐 버리지 않았을 때.

"그럼 저 친구들한테 그걸 알려주셨어야죠. 제게 그랬던 것처럼."

탓하지도, 원망하지도 않았다.

그저 한결같은 최 실장을.

아니, 그때보다 더 무력해진 그를 질책하는 한마디.

상준은 담담한 목소리로 말을 남기고선 떠났다.

"…저는 촬영 들어가 보겠습니다."

쾅.

문이 닫히는 소리와 함께, 최 실장은 상준의 뒷모습을 머릿속으로 곱씹었다.

그러고는, 쓸쓸하게 중얼거렸다.

"이번엔 네 말이 맞다."

나는 여전한데…….

"넌 많이 변했네."

* * *

「에시트, 2% 부족한 무대. 혹평 이어져」

—뭐냐. 2라운드에서 강세일 거라고 했던 애들 다 어디 감?

ㄴㄹㅇㅋㅋ

ㄴ아니, 얘네 4년 차 맞아? 솔직히 실력만 봐선 4개월 차임ㅋㅋㅋ

ㄴ이미 잘나가는 아이돌들 중에서도 라이브 안 되는 가수들 겁나 많은데 저 정도면 잘하는 거지

ㄴㅇㅈ

ㄴ뭘 이걸 실드를 쳐 ㅋㅋㅋㅋㅋ 이건 오디션프로임 음정 흔들렸으면 까이는 게 맞지

—춤부터가 너무 파워풀해서 그러는거임 니들이 그렇게 자신있으면 저 춤 추면서 노래 불러봐

ㄴ하지만 상준이는 그걸 하잖아

ㄴ킹치만… 비교 대상이 너무했잖아

ㄴ엌ㅋㅋㅋㅋㅋㅋ

ㄴ탑보이즈를 비교해 버리네 ㄷㄷ

—근데 얘네 욕먹어야 하는 이유는 따로 있음. 얘네 인성이 그렇게 안 좋다던데 ㅎ 우리 누나가 스타일리스트임 성격 장난 아니래.

ㄴ우리 누나는 건물주임

ㄴ우리 누나는 만수르임

ㄴ우리 누나는 사실 신임. 등신

ㄴ미쳤나 ㅋㅋㅋㅋㅋㅋㅋㅋㅋㅋ

ㄴ어휴 어휴!!

ㄴ다들 단체로 돌았나 봐

ㄴ아니, 왜 안 믿냐 ㅋㅋㅋ 진짜 뭐 터질 거라니까;; ㅎㅎ 그때 가서 성지 순례 하지 마삼.

유감스럽게도 그 말은 현실이 됐다.

'굳이 제가 나서지 않아도, 저런 마인드로는 못 살아남아요.'

3라운드가 무사히 끝나고.

탑 10을 가리는 방송이 나간 후에, 묵직한 기사가 연이어 터져 나왔기 때문이었다.

시작은 한 스타일리스트의 커뮤니티 폭로였다.

「에시트 인성 논란? 사실대로 말해줄게

에시트 임시 담당했던 스타일리스트고, 어차피 이 바닥 손절해서 폭로하고 나가도 난 상관없음 ㅋㅋㅋ

인성 안 좋다고?

솔직히 그거 팩트 맞아. 어떻게 아냐고?

2년 전에 에시트 한창 붕 떴을 시절, 고압적으로 사람들한테 해댄 거 본 사람 한둘 아닐걸?

마음에 안 맞으면 난리 치고, 옷 찢어버리고 ㅋㅋㅋㅋㅋ

니들이 그거 봤으면 실드 못 칠걸?」

—옷을 찢었다고?

ㄴ마음에 안 든다고 가위 들고 와서 난도질 ㅋㅋㅋㅋㅋㅋ 나 진짜 미친 사람인가 했음

ㄴ실화임 이거?

ㄴ??????

ㄴ에반데

—인증 없으면 뭐다?

ㄴ(사진)

ㄴ뭐야 이건?

ㄴ???? 당시 사진임?

처음에는 말도 안 되는 소리라며 몰고 가던 에시트의 팬들도 확실한 증거 앞에서 멍해졌다.

바로 옆에서 화를 내고 있는 에시트의 모습이 여실히 담겨 있었기 때문이었다. 물론, 이 상황에서도 믿지 않는 팬들은 많았지만.

—어디서 짜깁기해 온 걸로 몰고 가는 안티 클라스 ㅋㅋㅋㅋㅋ

ㄴ아 거짓말도 좀 치밀하게 치든가 ㅋㅋㅋㅋㅋ

ㄴ음성 녹음도 있음 ㅎㅎ

ㄴ?

ㄴ진짜로?

ㄴ뿌려봐! 뿌려봐!

ㄴ와 팝콘 개꿀잼이네

ㄴ에시트 한창 주가 올랐을 때 이걸 터뜨리네;;

상황은 일파만파로 커져갔다.

갈기갈기 찢어진 무대 의상의 사진부터, 실제 존재하는 것으로 추정되는 음성 녹음 파일까지.

결국, YH 엔터의 공식 입장으로 상황을 마무리할 수밖에 없었다.

「2년 전 논란 사실, YH엔터, '아티스트 관리 주의하도록 하겠다'」
「에시트 '아이돌 리부팅 프로젝트'에서 자진 하차」

나름 줄곧 상위권 안에 들었던 에시트.
나쁘지 않은 성과이긴 했지만, 오히려 한계에 부딪히고 말았다.
이전엔 인지도가 부족했던 아이돌 중에 하나일 뿐이었다면.
오히려 지금은 논란 아이돌, 갑질 아이돌로 확고한 이미지가 박혀 버렸기 때문이었다.

—아니라고 하던 애들 다 어디 갔냐?
ㄴ아직도 중립 기어 박고 있나 보지 엌ㅋㅋㅋㅋ
ㄴ아 이건 너무 팩트죠
ㄴ실드 치던 애들 다 사라졌네;;
ㄴ그러면 그거 다 팩트였어?
ㄴ그렇다잖아
ㄴ아니, 얘넨 잘나가는 애들도 아니었으면서 왜 이럼 뭘 믿고 ㅋㅋㅋ
ㄴ원래 애매하게 나가는 애들이 더해용 ㅎㅎ
—원래도 소문 자자했다더라
ㄴ학교 다닐 때도 인성이;;
ㄴ아니, 팀 전체가 왜 저래
ㄴ어? 인스타 올라왔다. 이번엔 헤어 스타일리스트래 ㅋㅋㅋㅋㅋ
ㄴ까도 까도 끝이 없네. 양파냐 양파?

ㄴ양파 ㅇㅈ

—다들 그만 싸우고 세연 정아 무대나 보러 가자. 이번에 ㄹㅇ 레전드 찍었더라.

ㄴ역대급이지 ㅠㅠ

ㄴ우리 애들 더 대박 나자!!!!!

*　　　*　　　*

에시트가 자진 하차를 하고, 탑 10만 남은 상황.

커다란 산은 넘어선 기분이었지만, 아직 끝나지 않았다.

오히려 마음 한편은 훨씬 더 복잡했다.

"후."

마지막 라운드가 세연과 정아를 기다리고 있었다.

남은 무대에서 탑 5가 결정된다.

조금도 긴장을 늦출 수 없었다.

"……."

적막이 감도는 연습실.

늦은 밤까지 연습에 몰두하고 있던 세연은 한숨을 짧게 내쉬었다.

"어떻게 되려나."

그동안 줄곧 함께 걸어왔던 둘이었다면, 마지막 라운드에서는 달랐다. 10명 중에 오직 절반, 그만큼만이 데뷔를 할 수 있을 테니까.

그리고, 그건 세연과 정아에게도 해당되는 이야기다.

둘의 유닛은 분명 상위권을 달리고 있었지만, 개인전이 되고 나면 종잡을 수 없는 상황.

이제부터는 개인전이다.

그걸 알기에 세연은 아침부터 울상이었다.

“왜 그래?”

“너무 떨려서…….”

“같이 올라가기로 했잖아. 할 수 있다며.”

끄덕끄덕.

세연은 흐릿한 미소를 지으며 정아를 올려다보았다.

‘우리 다시 한번 라이벌 해보자고.’

‘우리 같이 나가자. 아이돌 리부팅 프로젝트.’

막상 그때 했던 말들이 현실이 되자, 생각보다 침착함을 유지하기가 힘들었다. 사서 걱정을 하고 있는 세연의 어깨를 토닥인 정아가 웃으며 일어났다.

“너 잘하더라. 분명 올라간다면, 네가 올라갈 거 같아.”

“그런 말 하지 마.”

“같이 올라가면 더 좋다는 소리야. 왜 벌써부터 기가 죽어 있냐?”

능청스러운 정아의 말에, 세연은 그제야 피식 웃었다.

하지만, 진심 어린 웃음은 아니었다.

내일이면 모든 게 결정된다고 생각하니, 가슴에 돌덩이가 얹힌 것처럼 영 답답했다.

“잘할 수 있을 거야.”

스스로에게만 들릴 말을 작게 되뇌고 있던 그 순간.

벌컥.

"…어?"

문이 열리고, 뜻밖의 얼굴이 걸어 들어왔다.

세연은 기겁하며 두 눈을 동그랗게 떴다.

정말 예상치도 못했던 방문객이 눈앞에 서 있었기 때문이었다.

"어… 어!"

실제로 보는 것보다 모니터 너머로 보는 것이 더 익숙한 사람.

왜인지 모를 묘한 분위기에, 세연의 입장에선 마주하는 것조차 신기하게 느껴졌던 톱스타.

탑보이즈의 상준이었다.

"뭐야, 왜 귀신 본 표정이에요."

저렇게 놀라는 건 또 처음 보네.

상준은 피식 웃으며 연습실을 힐끗 돌아보았다.

"볼일이 있어서 잠시 들렀는데, 이 시간까지 불이 켜져 있길래요."

"어… 어. 여기 앉으실래요?"

"아, 괜찮아요."

후다다닥.

분주하게 의자를 끌고 오던 정아는 그 자리에서 멈칫했다.

상준은 손사래를 치며 벽에 기댔다.

사실 별다른 목적을 가지고 온 건 아니었으니까.

MBS 프로그램에서 지원하는 연습실.

저마다 절실하게 연습을 이어가고 있긴 했지만…….

이 시간까지 사람이 있을 줄은 몰랐다.

상준은 웃으며 세연을 바라보았다.

1라운드에서 처음 만난 그때보다 확연히 피곤해 보이는 얼굴.

하지만, 두 눈은 간절하게 빛나고 있었다.

절실함.

상준이 말했던 그 절실함이 여실히 느껴졌다.

상준은 고개를 돌리고선 담담한 목소리로 말했다.

"진행은 어느 정도 됐어요?"

아이돌 리부팅 프로젝트에선 네 심사 위원이 직접적으로 도움을 주진 않지만, 언제든지 필요한 조언이 이어졌다.

결과적으로 데뷔조는 상준이 프로듀싱한 앨범으로 데뷔를 하게 될 예정이고.

그걸 아는 상준은 두 친구를 한번 도와주고 싶었다.

'내 곡 부르면 어울릴 것 같은데.'

처음 둘의 보컬을 들었을 때부터 했던 생각이었다.

이 정도의 조언은 줘도 되지 않을까.

"거의 마무리 단계긴 한데……. 계속 실수하는 부분을 실수하는 느낌이라."

"그건 조급해서 그래요."

상준은 마이픽 당시에 강주원이 자신에게 해줬던 조언들을 떠올렸다.

별거 아닌 위로였지만, 그때의 마인드컨트롤이 얼마나 도움이 되었던지. 상준 역시 그러고 싶었다.

적어도 이제 막 발을 디디는 이 친구들에겐 자신이 선배니까.

"조급할 필요 없는데. 충분히 잘하는데. 자꾸 스스로를 옥죄려 하지 말아요."

"아무래도……. 마지막 기회라고 생각해서."

상준 역시 탑보이즈로 데뷔하게 되었을 때, 같은 생각을 하며 달렸다. 확실히 그 생각이 쉼 없이 달리는 데 원동력이 되어 주긴 했지만.

지금 돌이켜 보면…….

달릴 땐 달리더라도 조금은 풀어주는 게 좋지 않았을까 싶었다.

너무 열심히만 했으니까.

절실함이 지나친 절박함이 되어, 날아가기도 전에 지쳐 버리면 안 되니까.

상준은 웃으며 세연에게 물었다.

"이게 정말 마지막 기회라고 생각해요?"

"네?"

당연히 마지막 기회 아닌가?

그렇게 묻는 듯한 의아한 낯빛이었다.

하지만, 상준의 생각은 달랐다.

"혹시… 당장 내일 죽어요?"

"에?"

"아니잖아요. 그러면 마지막 기회도 아니네."

세연은 두 눈을 끔뻑이며 상준을 올려다보았다.

마지막 기회. 정말 마지막 기회라고 수없이 되뇌었지만.

"그… 러네요."

"제 말 맞죠?"

생각해 보니 정말 마지막은 아니었다.

팀 해체 이후로 꿈을 포기하고 내려왔을 때도, 세연은 이게 마지막이라고 생각했었으니까.

하지만, 지금 또 이렇게 출발선에 서 있잖아.

그러면 마지막 기회가 아닌 게 맞다.

마지막을 규정할 수 있는 건 자신의 몫이 아니니까.

상준은 능청스레 웃으며 말을 더했다.

"마지막… 이런 거는요. 뒈지기 직전에 주마등을 볼 때나 생각하는 거예요."

"……!"

"벌써부터 너무 마지막, 마지막. 하고 있는 거 같아서요."

세연은 천천히 고개를 들었다.

어설픈 위로였지만, 무슨 말을 하고 싶었는지는 알 거 같아서.

세연은 잠시 고민하다가 말을 골라냈다.

"두 번째 기회, 잘 살려볼게요."

"…훨씬 듣기 좋네요."

상준은 엄지손가락을 치켜세우며 둘을 응원했다.

"파이팅!"

"네!"

"더 높은 곳에서 봐요."

*　　　*　　　*

마지막 결승전.

대망의 날이 마침내 밝았다.

지금까지도 충분히 잘해 왔지만, 오늘 무대에 모든 것이 걸려 있는거나 마찬가지. 원래대로였다면 제대로 숨을 쉬지도 못할 정도로 떨고 있었을 테지만.

오늘은 아니었다.

'잘할 수 있지?'

세연은 웃으며 옆에 선 정아에게 눈짓을 보냈다.

어젯밤에 약속했다.

나란히 1, 2등을 해서 함께 데뷔하자고.

아니, 설령 데뷔하지 못하더라도.

꼭 멋진 무대 위에서 다시 만나자고.

"진세연 아이돌 나와주세요."

사회자의 한마디에 세연은 당당하게 걸어 나왔다.

처음 이 자리에 섰을 때처럼 긴장한 얼굴은 아니었다.

보다 여유롭게 방청석을 돌아볼 수 있게 된 시간들.

"와아아아!"

"세연아! 데뷔하자아!"

"가자! 가자! 가자!"

팬들의 환호성이 마냥 감사했다.

그리고.

세연은 심사 위원석에 앉아 있는 상준을 힐끗 돌아보았다.

이 자리 위에서 말할 수는 없었지만, 덕분에 마음을 가라앉힐 수 있었다.

어제와는 달리 자신감도 생겼고.

'감사해요.'

세연은 속으로 중얼거리고선 마이크를 들었다.

사람들의 마음을 울리는 매력적인 보컬.

"시작할게요."
그 한마디를 끝으로.
전설의 무대가 막을 올렸다.

*　　　*　　　*

무대 위로 솟아오르는 희뿌연 연기.
그 속에서 세연이 천천히 걸어 나왔다.
조명에 반사되어 반짝반짝 빛나는 듯한 무대 의상.
신비로운 무대의 분위기 탓일까.
상준은 빨려 들어갈 듯한 심정으로 무대를 지켜보았다.
익숙한 초반 멜로디.
첫 음이 나오자마자, 수정은 짧게 탄성을 터뜨렸다.
'이 곡을 한다고?'
수정을 지금 이 자리에 있게 해준 명반.
상준이 프로듀싱한 「REVERSE」의 반주가 울려 퍼지고 있었다.
수정은 미소를 지으며 무대 위 세연을 바라보았다.

조금은 가까이 하지만 먼 곳에
흐릿한 빛이 있었어

확실히 그랬다.
지금 이 노래는 세연에게 어울렸다.

느낄 수 없어
닿지 못할 희망이란 건
이제 남은 건
마지막 기회뿐이야

세연은 심사 위원들을 힐끗 돌아보고선 당당히 관객석이 있는 쪽으로 고개를 돌렸다. 자연스러운 무대 매너.

매력적인 보컬이 부드럽게 울려 퍼졌다.

Monday Monday
It's my last day
그냥 그렇게 살아가는 사람들처럼

슬픈 감정을 담아내면서도, 마냥 포기하지는 않겠다는 듯 묘한 힘을 지니고 있는 목소리.

수없이 준비해 왔고, 그려왔던 무대가 펼쳐졌다.

원래는 퍼포먼스가 주가 되는 노래는 아니었지만.

세연은 자연스러운 안무를 선보이기 시작했다.

부드러운 춤선은 유플라이의 아린을 보는 것 같았다.

안개꽃이 바람에 흔들리듯이.

위태로워 보이는 눈빛으로 허공에 손을 뻗은 세연.

"와."

Monday Monday

It's your first day
그냥 그렇게 살아가는 사람들과 넌 달라

감정을 정확히 전달해 내는 퍼포먼스.
그걸 제대로 받쳐주는 노래까지.
관객석에 있던 이들은 한 편의 드라마 같은 무대에 몰입했다.

끝은 새로운 시작이래

발목 밑으로 가라앉은 연기는 몽환적인 분위기를 내며 일렁였다.
기존의 「REVERSE」를 본인의 색깔로 다시 그려낸 무대.

시작하기에 더할 나위 없이 좋은 하루잖아

"…멋있다."
수정은 저도 모르게 작게 읊조렸다.
그리고, 웃으며 상준을 돌아보았다.
"어떤 느낌인지 알 거 같아요."
"네?"
"첫 방송 때 물어봤잖아요, 제가. 어떤 사람을 뽑고 싶냐고."
아이돌 리부팅 프로젝트에 참여하는 친구들도 마찬가지겠지만.
이 프로그램은 상준에게도 제법 색다른 의미였다.
데뷔하게 될 탑 5에게 상준이 직접 곡을 써주게 되니까.
그가 진심을 다해 프로듀싱하고 싶었던 친구들.

어떤 느낌이었는지 이제는 알 거 같았다.

"그 절실함이라는 게, 어떤 건지 알 거 같아서요."

"아."

"저 처음 봤을 때도 저랬으려나."

상준은 피식 웃으며 고개를 끄덕였다.

드라마 촬영 현장에서 처음 만났던 수정.

상준은 수정을 향해 작게 속삭였다.

"목소리 듣는 순간. 딱 삘이 왔어요."

"지금처럼?"

"네, 지금처럼요."

*　　　*　　　*

끝없는 박수 소리와 환호성 속에 최종 10인의 무대는 끝이 났다.

훈훈하게 마무리되었던 무대.

네 명의 심사 위원들은 진심 어린 충고를 아끼지 않았다.

하지만, 오디션프로그램이기에.

결과적으로 잔인해질 수밖에 없는 시간이 돌아왔다.

강주원이 미묘한 표정으로 마이크를 들었다.

"제가 참 살면서 발표를 많이 해요."

"그러게요."

마이픽 때도 열심히 발표를 했었지.

누구보다 연습생들의 심정에 공감해 주면서 함께 슬퍼했던 강주원이다. 그 뒤로도 많은 오디션프로의 진행을 맡아왔지만…….

오늘은 왠지 더 슬플 것 같다.
이 친구들 하나하나가 이미 한 번 쓴맛을 봐온 친구들이니.
그래도, 이 프로그램이 이들에게 한 번 더 용기를 낼 수 있는 발판이 되었기를.
그렇게 바랄 뿐이었다.
심사 위원단의 평가 점수와 시청자들의 투표 점수가 합쳐져 나온 결과. 상준은 떨리는 심정으로 두 손을 모았다.
4위부터 발표가 시작되었다.
"네, 4위 발표하겠습니다."
묵직한 목소리로 한 명씩 발표를 이어가는 강주원.
이름이 불릴 때마다 누구는 환호하고 누구는 실망할 수밖에 없는 상황.
세연은 의연한 얼굴로 고개를 떨구었다.
"다음은 3위 발표하겠습니다."
긴장이 되지 않는 것은 아니었다.
상준의 말대로 간절했으니까.
간절하면 애가 탈 수밖에 없다.
하지만, 다른 가능성을 봤다고 해야 할까.
'그러면 마지막 기회도 아니네.'
비록 여기서 떨어지더라도.
세연은 다시 꿈을 향해 나아갈 것이다.
그런 확신이 서고 나니 두려울 것이 없었다.
"2위, 이정아."
"…헉. 정, 정말요?"

기다리던 이름이 울려 퍼지자, 정아는 눈물을 쏟아내며 그대로 주저앉았다. 옆에 서 있던 세연은 웃으며 정아를 안았다.

"잘했어… 잘했어."

울먹이다가 끝내 울음을 토해내는 정아.

"같이… 올라가자. 나 진짜 기다리고 있을게, 저기서."

"그래, 그러자."

"꼭 와야 돼. 알았지?"

정아는 붉어진 눈시울로 세연을 향해 손을 흔들었다.

이내, 합격자들이 있는 좌석으로 발걸음을 옮기는 정아.

"……."

상준의 시선이 합격자들의 자리로 향했다.

남은 건 총 두 좌석뿐.

과연 저 좌석을 차지하는 건 누가 될까.

강주원은 침착한 눈빛으로 다시 대본을 들었다.

"아이돌 리부팅 프로젝트, 1위 발표하도록 하겠습니다."

제발.

수많은 이들의 바람이 한데 모이는 순간.

세연은 마른 침을 삼키며 허공을 응시했다.

침착하자, 침착하자.

그래야 한다.

"1위는……."

빠른 드럼 비트가 스튜디오를 가득 메웠다.

그 드럼 소리가 끝나는 순간.

강주원의 입에서 우렁찬 한마디가 튀어나왔다.

"진세연입니다!"
와아아아악.
환호성과 함께 팬들의 비명 소리가 터져 나왔다.
정아는 울먹이면서 자리에서 벌떡 일어났다.
"세연아……!"
줄곧 평정심을 유지하고 있던 세연도 이번만큼은 벅차올랐다.
연신 되뇌는 한마디가 덜덜 떨리고 있었다.
"감사합니다, 감사합니다!"
왈칵.
눈이 부실 정도로 빛나는 조명 아래에서.
세연은 마침내 눈물을 흘리고 말았다.

*　　　*　　　*

「아이돌 리부팅 프로젝트, 탑 5 '유슬리스'로 전격 데뷔」
「유슬리스 타이틀곡 'Light' 발매와 동시에 차트 인」
「괴물 중고 신인의 시작, 상준의 프로듀싱 실력 재확인」

—우리 애들 드디어 데뷔했어 ㅠㅠㅠ 5명 합 너무 어울리는 듯
ㄴ세연이랑 정아가 빛을 보는구나
ㄴ나 얘네 둘 넘 조아
ㄴ나도ㅠㅠ
—팀명 묘하게 좀 짠하다. 필요 없을 거라고 생각했던 다섯이 모여 빛을 만들어가는 컨셉이라던데

ㄴ타이틀곡 꼭 들어보셈 너무 좋아
ㄴ진짜 상준이의 작곡은 미친 것 같음
ㄴ이 노래는 빌보드에 있어도 어울리는 곡이다
ㄴ이거 차트 몇 위까지 오를까?
ㄴ벌써 입소문 장난 아니던데
—가즈아아 음방 1위!
ㄴ애들 트로피 쥐여주자!!!
ㄴ비주얼 합, 노래 합, 춤까지 너무 좋아서 얘네는 대박 날 거 같음
ㄴ앞으로 잘 부탁해 얘들아 ㅠㅠ

20프로대였던 시청률 덕에 아이돌 리부팅 프로젝트로 데뷔한 5인은 발매와 동시에 날아올랐다.

팀명은 유슬리스.

상준이 직접 프로듀싱한 데뷔곡 'Light'는 차트 인은 물론이고, 이틀 만에 탑 10위권에 치고 들어갔다.

신인이라고 믿기지 않는 엄청난 저력.

정확히는 신인이라고 말하기 애매한 상황이긴 하지만.

각종 기사들은 괴물 중고 신인의 탄생이라며 유슬리스를 응원했다.

그리고.

세연과 정아는 끝내 그리워하던 음악방송 무대에 다시 섰다.

"후."

예전에는 이 무대 하나 서는 것조차 힘들었던 때가 있었다.

이름 없는 신인들은 촬영 순서가 밀리거나 아예 명단에서 빠

져 버리는 경우도 종종 있었으니.

특히 둘이 있던 회사는 더했다.

그때는 마냥 울분을 삭히기만 했었는데…….

이들을 위해 주어진 대기실부터 시작해서, 신인 때는 받지 못했던 관심.

데뷔곡과 활동곡 두 개를 동시에 선보일 수 있게 된 것도 이전과 다른 큰 변화였다.

하지만, 무엇보다도.

세연은 모니터에 자신의 얼굴을 다시 비칠 수 있게 되었다는 것이 가장 행복했다.

구성역 카페도 나쁘진 않았지만.

아무래도 자신은 무대 위에 설 때가 가장 빛나는 기분이었다.

"유슬리스 파이팅!"

"세연아, 잘한다!"

"꺄아아아아!"

"와아아아악!"

타이틀곡 노래 제목인 'Light'처럼 밝게 빛이 났던 다섯 명.

뜨거운 환호성 속에서 세연은 이내 감격에 잠겼다.

하지만, 꿈같은 경험은 거기서 끝이 아니었다.

"5월 셋째 주, 1위. 쟁쟁한 후보들이 너무도 많은데요. 과연 누가 최종 1위를 거머쥘 수 있을지, 공개하도록 하겠습니다."

"두구두구두구."

"이번 주 뮤직월드 최종 1위는……."

유슬리스를 향하는 사회자의 시선.

"유슬리스입니다! 축하드립니다!"

"와아아악!"

"유슬리스! 유슬리스! 유슬리스!"

꿈일까.

아니, 이건 현실이다.

아이돌 리부팅 프로젝트에서 1위를 했을 때도.

난생처음 음악방송에서 트로피를 쥐게 된 지금도.

세연은 1위라는 한마디에 괜히 울컥해졌다.

"괜찮아."

정아는 유슬리스의 리더답게 울고 있는 멤버들을 토닥이며 말했다.

세연은 흐르는 눈물을 닦고서 정아에게 마이크를 넘겼다.

지금 이 자리에 오르기까지, 얼마나 힘들었던가.

다섯 모두 비슷한 심정으로 자리에 섰다.

배경으로는 유슬리스의 'Light'가 흘러나온다.

노래를 따라 부르며 열광하는 팬들.

그 환호성을 배경음 삼아 정아는 말을 이어나갔다.

"오늘 이 자리에 와주셔서 감사해요. 저는 이렇게 많은 분들이, 저희를 보러 와주셨다는 게 마냥 신기해요."

"꺄아아아아!"

"더 열심히 하는 유슬리스가 되겠습니다. 사랑해요, 여러분!"

마이크는 돌아 돌아 세연에게로 왔다.

원래는 정아보다 침착한 편인 세연이지만, 막상 마이크를 붙들고 나니 지난 과거가 촤르르 스쳐 가기 시작했다.

목이 더 메어오기 전에 말을 꺼내야 할 것 같다.

"무너지고 싶었던 순간, 저를 붙들어줬던 정아 너무 고마웠고."

"와아아아!"

"그리고……."

세연은 허공을 보며 싱긋 웃었다.

"이 무대를 만들어주시고, 한 발 나아갈 수 있게 해준, 상준 선배님 감사해요."

"꺄아아아아!"

"또 다른 기회를 찾아서… 멈추지 않는 사람이 되겠습니다! 감사해요!"

세연은 환하게 웃으며 트로피를 높이 흔들었다.

"와아아악!"

절대 잊지 못할 첫 번째 트로피였다.

*　　　*　　　*

한편 같은 시각.

세연이 수상 소감으로 자신을 언급했는지 알 리 없는 상준은 앓는 소리를 내며 엎어져 있었다.

"아, 싫어. 너무 싫어."

"도착했다."

거기에 쐐기를 박는 송준희 매니저의 한마디.

탑보이즈는 골골대며 차량에서 내렸다.

"나 프로듀싱에, 미니앨범 준비에. 드라마 촬영까지 또 잡혀 있는데. 와, 리얼리티라니."

"이 상황이 리얼인가 싶지?"

"어엉. 딱 그 심정이야."

열정 만렙 상준도 질겁하게 만드는 JS 엔터의 새로운 리얼리티.

"저기 블랙빈이다!"

"와아아! 정말 안 반갑다!"

"뭐래, 차도영. 싸우자는 거지?"

"에이, 형. 그럴 리가."

벌써부터 투닥이는 도영과 은수를 번갈아 보며 상준은 깊은 한숨을 내쉬었다.

이번 리얼리티 컨셉은…….

그랬다. 바로 탑보이즈와 블랙빈의 빅 매치.

승부욕이라면 밀리지 않는 둘을 붙여놓고 한바탕 대전을 펼친다니. 벌써부터 그림이 그려졌다.

'살아서 돌아갈 수 있을까.'

촬영 장소는 용인의 한 민속촌.

이곳에서 탑보이즈와 블랙빈의 자존심을 건 승부가 벌어질 예정이었다.

뭘 하게 될지는 전달받은 바가 없었지만.

"…불안한데."

상준은 중얼거리며 민속촌 입구로 들어섰다.

제6장

[외전] 불안함은 현실이

탑보이즈 다섯, 블랙빈 다섯.

두 팀이 마주 보고 선 민속촌의 널찍한 마당.

그 사이로 익숙한 얼굴이 걸어 들어왔다.

"와아아악!"

원조 아이돌계의 최강 MC, 강주원이었다.

탑보이즈와 블랙빈은 뜨거운 함성으로 강주원을 맞이했다.

물 흐르듯 시원시원한 진행.

강주원은 마이크를 쥐고서 묵직하게 말을 이어갔다.

"오늘 탑보이즈랑 블랙빈이 한바탕 대전을 치른다는 곳이 여기 맞나요?"

"맞습니다아!"

"집에 가고 싶어요……."

"야."

"꾸엑."

도영과 은수는 투닥이며 서로를 이기겠다고 나섰다.

벌써부터 치열한 승부가 예상된다.

탑보이즈 VS 블랙빈으로 여러 경기가 치러질 예상이라고만 들었을 뿐, 정작 당사자들도 아는 바가 없었다.

"오늘 어떤 걸 할 거 같아요?"

"으음. 일단 뭘 하든 저희가 이길 거 같은데요."

탑보이즈의 유찬이 자신만만하게 한마디를 던졌다.

상운은 기가 찬다는 듯 혀를 내둘렀다.

"그럴 리가."

"내가 넌 꼭 이긴다."

유찬은 상운에게 팽팽한 눈짓을 보내고선 카메라를 똑바로 응시했다.

오늘 펼쳐질 경기는 유이앱으로도 생중계될 예정이었다.

벌써부터 흥미진진한 빅 매치를 보러 온 팬들로 유이앱 시청자 수가 폭발하고 있었다.

—와 ㄷㄷ 탑보이즈랑 블랙빈이랑 싸우면 누가 이김?

—갑자기 왜 싸워 ㅋㅋㅋㅋㅋ 경기라고, 스포츠라고!

—깔끔하게 링 위에서 싸우자

—ㄷㄷ 전투 민족 JS

—근데 오늘 컨셉이 뭐임? 뭘로 싸우겠다는 거임?

—17 대 1로 싸우겠대요

—아니 그거 아니라고;; 정신차려!!

"네, 17 대 1은 아니고요."
강주원은 머리를 긁적이며 대본을 들었다.
그다음 자연스러운 대사가 이어졌다.
"상준 씨, 아이돌에게 중요한 덕목이 뭐죠?"
"그건… 열정."
"네, 다음 사람."
아?
이런 거 아니었어?
상준이 두 눈을 끔뻑이는 사이, 마이크는 유찬에게로 돌아갔다.

—아 교장 쌤 ㅋㅋㅋㅋㅋㅋㅋ 왜 여기 계세요
—갑자기 멘트 뺏겨 버린 상준이 ㅋㅋㅋ 표정 개웃기네
—상준둥절

"제가 생각했을 땐… 춤?"
"크으, 또 탑보이즈의 댄스 머신이 유찬 씨죠?"
"메인 댄서는 전데요."
도영은 그렇게 무시당했다.
구시렁대는 도영을 뒤로하고 강주원은 웃으며 블랙빈 쪽으로 고개를 돌렸다.
은수가 손을 들고 입을 열었다.
"춤도 춤이지만… 또 보컬을 무시할 수 없지 않을까요?"

"랩도 있죠."

"네, 맞습니다. 아이돌에게 필요한 덕목이 굉장히 많은데요. 사실 춤과 노래는 기본 아닙니까."

강주원의 능청스러운 진행에 리액션이 더해졌다.

"맞습니다!"

"와아아악!"

"요새는 그런 것도 중요하지만, 아이돌은 만능 엔터테이너잖아요. 그렇죠?"

"네, 뭐든지 잘해야죠."

"만능 엔터테이너 하면 또 상준 씨를 빼놓을 수 없는데, 어떤 활동이 떠오르나요?"

"연기……?"

정답이다.

강주원은 손뼉을 치며 엄지손가락을 치켜들었다.

"네, 바로 연기입니다!"

"연기! 연기! 연기!"

—다들 왜케 열심히 함ㅋㅋㅋㅋㅋㅋㅋㅋㅋㅋ

—단체로 수학여행 온 애들 같음 ㅋㅋㅋㅋ

—하지만 평균 연령이…….

—수학하기엔 너무 늦어버린 나이.

—왜 수학과일 수도 있지

—그 수학이 그 수학이 아니야;; 이 바보들아

—야 조용히 해

연기라.

이때만 해도 상준은 자신감 넘치는 얼굴로 생글거리고 있었다.

"연기면… 자신 있습니다."

"크, 탑보이즈에 연기했던 친구들이 많죠?"

도영 빼곤 다들 대강 자신 있는 분위기.

제현이 고개를 끄덕이며 말을 얹었다.

"제가 사실 연기 천잰데요."

"아, 그랬구나. 네, 다음 사람."

"어… 어?"

강주원의 스피드한 진행에 탑보이즈가 정신을 못 차리고 있는 와중에, 상준은 미리 대본을 받고 있었다. 강주원이 웃으며 설명을 이어갔다.

"배경이 또 민속촌이잖아요. 탑보이즈와 블랙빈. 두 팀이 따로 대본을 보고 연기를 해주시면 됩니다. 평가는, 저와 여기 계신 팬분들이 할 겁니다."

"아, 이거 장면 따라 하면 되는 거죠?"

탑보이즈가 전달받은 대본은 역사 드라마 「세조」.

상준은 열정 가득한 눈빛으로 유찬에게 말을 걸었다.

"도영이는 연기를 많이 시키면 안 돼."

"……!"

"대사 가장 적은 걸로 시키는 게 나을 거 같은데. 내시 하자."

"싫어. 나도 멋있는 거 할 거야."

"너… 지금 내시 비하하는 거야?"

"그… 그."

도영은 두 눈을 끔뻑이며 작게 중얼거렸다.

"아, 그런가? 그럼 내가 할게."

—뭐지 저 대화는?

—신박하게 싸우고 있네

—아 ㅋㅋㅋㅋㅋㅋㅋ 도영이는 왜 또 저걸 수긍하고 있음?

—순진한 걸까… 멍청한 걸까

—순청한 걸로 하죠

—그건 또 뭐야 ㅋㅋㅋㅋㅋㅋ

"너는 뭐 할 건데?"

상준은 리더 선우의 의견을 따르기로 했다.

선우는 대본을 펼쳐두고선 한 명씩 배역을 나눠 주기 시작했다.

"세조는 내가 할게."

"어엉."

"유찬이는 병사 할래?"

"오케이."

"제현이랑 상준이가 충신 하면 될 거 같은데."

"저 형은 간신이 더 어울리는데?"

"뭐?"

상준은 옆에서 까불대는 도영을 지그시 바라보았다.

묵직한 한마디가 던져졌다.

"너도 내시가 잘 어울려."

"저… 저!"

뒷목을 잡고 비틀거리는 도영.

—ㅋㅋㅋㅋㅋㅋㅋㅋㅋ 배역 짜는데 왜 벌써 싸우고 있어

—상준이가 묵직하게 치고 도망가네

—도영이 부들부들

—잘 어울리는 건 또 뭐야 ㅋㅋㅋㅋㅋㅋ

한바탕 교통정리를 하는 데 시간이 오래 걸리긴 했지만, 탑보이즈는 금세 대본에 집중하기 시작했다.

그건 저편의 블랙빈도 마찬가지.

"어렵진 않을 거 같은데?"

대본은 상당히 익숙한 장면이었다.

세조가 단종을 몰아내고 왕위를 찬탈한 뒤, 자신을 거역하는 충신들을 고문하는 장면.

"하늘 아래 두 마리의 임금은……!"

"괜찮네, 그 삘대로 가자."

상준은 대사를 중얼거리면서 고개를 끄덕였다.

강주원이 싱긋 웃으며 손을 흔들었다.

"준비됐어?"

"네에! 다 됐어요!"

짧은 시간 안에 혼을 담아 준비한 연기.

탑보이즈는 자신감 넘치는 얼굴로 생글거리며 돌아왔다.

"자신 있어요?"

"그럼요!"

그렇게 힘차게 외칠 때만 해도 몰랐다.

민속촌 입구에서부터 느껴지던 미묘한 불안감이 현실이 될 줄은.

* * *

레디 액션!

강주원의 우렁찬 목소리와 동시에 선우가 앞으로 나왔다.

"어허."

제법 근엄한 자세로 앞으로 걸어 나온 선우는 금세 감정을 잡기 시작했다. 눈앞의 신하를 설득하고 싶지만, 쉽사리 되지 않아 더 분노하게 되는 불타는 감정.

"아직도 생각이 바뀌질 않았나?"

그 앞에 묶여 있는 것은 상준과 제현.

절대 용납할 수 없다는 듯 이글거리는 눈빛이 카메라에 비쳐졌다.

탑보이즈의 연기 에이스들.

강주원은 금세 저들의 연기에 빠져 들어갔다.

"하."

상준은 피식 웃으며 선우를 살벌하게 노려보았다.

"될 거라고 생각했습니까?"

사극은 경험이 없지만, 톤은 꽤나 완벽했다.

제현 역시 밀리지 않고 대사를 받아쳐 냈다.

짙은 호흡이 고스란히 느껴지는 한마디.

"차라리 죽이시오."

제법 그럴싸한 연기에 댓글창이 빠르게 올라가기 시작했다.

—멋있는데 제현이가 말하니까 비장하지 않아
—말넘심 ㅋㅋㅋㅋㅋㅋ
—흐엥 죽여주세요 이런 느낌
—엌ㅋㅋㅋㅋㅋㅋㅋㅋㅋ 도랐냐고
—흐엥 ㅋㅋㅋㅋㅋㅋㅋㅋㅋㅋ

그 옆에서도 상준은 연기 톤을 유지하고 있었다.
「무대의 포커페이스」. 상준의 재능은 어설픈 촬영장에서도 빛을 발했다. 아까까지 정신없이 웃어대던 팬들도 집중할 수밖에 없었다.
선우는 상준의 연기에 서늘한 음성으로 받아쳤다.
쩌렁쩌렁한 선우의 목소리가 민속촌 마당에 울려 퍼졌다.
"두 번 다시 저 따위 소리가 입 밖에 나오지 않도록 해라!"
"예, 알겠습니다!"
유찬은 껄렁거리며 앞으로 걸어 나왔다.

—저건 병사가 아니라 건달인데
—조폭이냐고 ㅋㅋㅋㅋㅋㅋ
—뭔가 조선시대가 아닌 거 같아
—한마디 잘못하면 바닷물에 담글 거 같은 느낌 ㄷㄷ
—상준아 조심해라. 유찬이 요새 운동했대
—갸아아악!!

유찬은 협박하듯 낮게 읊조렸다.

“뒤늦게 후회하지 말고. 이제라도 마음을 돌리는 게 나을 겁니다.”

“그럴 리 없다.”

“…나도.”

제현은 고개를 끄덕이며 상준의 말에 동조했다.

뒤에서 그걸 지켜보고 있던 은수는 숨이 넘어가라 웃어댔다.

“제현이는 풀어줘라.”

“쟤는 막대 사탕 하나면 충심을 내려놓을 거 같은데.”

“그러게. 딱 그런 표정이네.”

끔뻑끔뻑.

묶인 채 꼼지락거리고 있던 제현은 상준을 돌아보고는 다시 감정을 잡았다.

다른 멤버들이 콩트를 하고 있다면, 선우와 상준은 진심이다.

상준은 떨리는 목소리로 대사를 읊어 나갔다.

“제가 죽어도, 재가 되어도!”

“…….”

“하늘 아래 두 마리의 임금은 없습니다.”

숨 막힐 듯한 정적.

그리고.

도영의 대사가 이어졌다.

“아. 이. 고.”

—저게 대사의 전부였어?

—ㅋㅋㅋㅋㅋㅋㅋㅋㅋㅋㅋㅋㅋㅋㅋㅋㅋㅋㅋㅋㅋㅋㅋ

—왜 저거마저도 어색한 건데 ㅋㅋㅋㅋㅋㅋㅋ

정말 이후에 도영의 대사는 없었다.

도영은 총총거리며 앞으로 나섰다.

유찬은 상준을 내려다보며 잔인하게 웃었다.

아역배우 짬이 아직은 남아 있다.

"후회하지 않겠다고 했습니다."

"긴말은 그만하시죠."

상준은 더 볼 것도 없다는 듯 시선을 떨구며 말을 잘라냈다.

그걸 지켜보는 선우.

팽팽한 긴장감이 둘 사이를 맴돌았다.

이제는 결단을 내려야 할 시간.

선우는 이를 악물고 힘겹게 말을 토해냈다.

결국 이렇게밖에 될 수 없는 건가.

마음을 끝까지 돌리지 못했기에, 눈앞의 이들을 잃어야만 하는 상황.

세조가 내뱉었을 냉정한 한마디가 촬영장에 울려 퍼졌다.

"주리를 틀라!"

그때였다.

저벅저벅.

해맑게 걸어오는 유찬과 도영을 본 상준은, 연기에 몰입하고 있던 정신을 깨웠다.

"어?"

잠, 잠깐만.

—상준아 잘 가

—사요나라

—다음 생에 봐~~

—ㅋㅋㅋㅋㅋㅋㅋㅋㅋㅋㅋㅋ다 사악해

—고마웠어 그동안 ㅎㅎ

긴 막대기를 들고 와서 상준의 옆에 선 도영.

그 눈빛과 마주한 순간, 상준은 뒤늦게 외쳤다.

이미 두 팔은 묶인 상황.

"진… 진짜 하지 마. 미친놈들아!"

으아아악.

그렇게 촬영장 위로 외마디 비명이 울려 퍼졌다.

* * *

무사히 살아 돌아왔다.

"후… 하."

상준은 식은땀을 닦으며 후들거리는 다리를 이끌고 뒤에 섰다.

도영은 여전히 어깨를 으쓱이며 나불거리고 있었다.

"제대로 안 했잖아. 연기다, 연기."

"나는 실전이었어, 이 자식아."

"반만 꺾었잖아."

"내 다리가 반이 꺾였으면, 네 목도 지금쯤 반이 꺾였을 거야."

"…히익."
어디서 도망을 가려고.
상준은 까불거리는 도영의 목덜미를 잡았다.
그리고 열심히 흔들었다.
"꾸에엑. 꾸엑."
후, 이제야 좀 낫다.
상준은 도영을 저 멀리 밀어버리고선 팔짱을 꼈다.
탑보이즈의 완벽한 연기가 끝이 났으니, 이번에는 블랙빈의 차례다.
"여긴 장희빈이야?"
"그런 거 같은데."
상운이 맡은 역할이 장희빈인 모양.
블랙빈이 연기할 장면은 장희빈이 사약을 마시고 숨을 거두는 장면.
상준은 호기심 가득한 시선으로 상운을 바라보았다.
자신과는 달리 연기 쪽으로는 활동해 본 적 없는 상운이다.
그런 상운이 진지한 얼굴로 앉아 있으니 괜히 궁금해졌다.
"연기도 잘하려나?"
과연…….
상준이 턱을 쓸어내리던 순간.
"레디, 액션!"
블랙빈의 연기가 시작되었다.

*　　　　*　　　　*

"헉."

연기가 시작됨과 동시에, 상준은 저도 모르게 침을 삼켰다.

상운의 눈빛이 아까와는 비교도 안 되게 바뀌었기 때문.

고작 10몇 초가 흘렀을 뿐인데, 곧바로 드라마 속에 던져진 느낌이다.

경건한 눈빛으로 사약을 집어 드는 상운.

탑보이즈와 블랙빈 사이에서 탄성이 흘러나왔다.

이때까진 완벽했다.

분명 그랬는데…….

"크억… 컥."

—????????????

—머야 저게

—ㅇㅁㅇ

—왜… 왜……?

상운은 앞으로 고꾸라지며 엎어졌다.

죽기 직전의 장희빈을 옮겨놓은 듯한 실감 나는 연기.

상운은 연기에 소질이 있었다.

하지만.

"크… 어억."

너… 너무 사실적이잖아!

—무서워요 ㅠㅠㅠㅠ

—애가 보다가 울어요…….
—아 ㅋㅋㅋㅋㅋㅋㅋㅋㅋ 미쳤냐고
—왜케 열심히 하는 거야……. 그러지 마, 제발.

바르르.
급기야 손까지 떨고 있다.
"심의 규정에 걸릴 거 같아."
"나도 그렇게 생각해."
유찬이 다급하게 앞을 막아서는 동안.
상준은 탄식과 함께 두 눈을 가렸다.
"오……."
바들바들.
와중에도 감정선을 놓치지 않고 죽어가고 있는 상운.
상준은 빠르게 뛰어가서 엎어져 있는 상운을 질질 끌고 나왔다.
상운은 영문을 모르겠다는 얼굴로 두 눈을 끔뻑였다.
"엥. 왜? 나는 열심히 했는데?"
"너는 조금 열심히 안 할 필요가 있어."
죽는 연기를 누가 그렇게 실감 나게 하냐고.
그것도 리얼리티 방송에서.
심약자 주의라는 문구를 붙였어야 했나.
상준은 머리를 긁적이며 깊게 한숨을 내쉬었다.
거기에 대고 상운은 한술 더 떴다.
"이미 죽을 뻔했던 사람의 연륜 있는 연기랄까."
요단강 물가에서 헤엄쳐 본 짬이란다.

"왜……?"

"그거 아냐, 넣어둬."

상준은 다급히 상운을 말리며 결심했다.

훗날 연기를 한다고 해도 죽는 연기만큼은 말려야겠다고.

* * *

첫 번째 연기 승부는 탑보이즈의 승.

블랙빈의 연기 차례에 시청자가 1,000명이나 나가 버린 탓에, 상운은 사방에 둘러싸여서 구박받고 있었다.

"내 연기를 아직 세상이 알아주질 않는구나."

"알아줬으면 큰일 날 뻔했어."

은수는 상운의 멘트를 끊으며 강주원을 돌아보았다.

연기 대전이 끝이 났으니 다음 순서가 기다리고 있다.

강주원은 다시 웃으며 마이크를 들었다.

"양 팀의 만능 엔터테이너로서의 자질을 볼 수 있었던 경기였습니다."

"와아아악!"

"그다음으로는 아이돌로 살아가는 데 있어서 꼭 필요한 게 준비되어 있는데요."

블랙빈은 두 눈을 반짝이며 강주원을 돌아보았다.

이번엔 기필코 이기고 말겠다는 듯 굳게 다짐한 눈빛.

강주원은 대본을 들며 크게 외쳤다.

"바로… 아이돌은 머리가 좋아야 합니다."

“네? 여기 다 멍청한 사람들만 있는데 무슨 소리세요.”
단호한 도영의 한마디.
유찬은 고개를 저으며 손을 들었다.
“저는 빼주세요.”
“네?”
“저는 제가 되게 똑똑하다고 생각합니다.”
“네, 잘 들었고요.”
가뿐히 무시당했다.
유찬이 툴툴거리며 물러나자, 강주원은 상준을 가리키며 말을 던졌다.
“상준 씨가 또 탑보이즈의 브레인이잖아요?”
즉각적인 상운의 한마디가 튀어나왔다.
“저 형이 브레인이라니…….”
“뭐?”
“탑보이즈의 미래가 밝네요.”
하하.
상운은 뒤늦게 수습하며 싱긋 웃어 보였다.

—탑보이즈의 미래가 밝네요 ㅋㅋㅋㅋㅋㅋㅋ
—그러엄. 우리 애들이 미래가 밝지
—브… 브레인이 있나요?
—굳이 따지면 유찬이 아닐까?
—상준이 표정 봐. 저 뿌듯한 표정 ㄷㄷ
—본인은 본인이 브레인이라고 생각하고 있는 게 분명함;;

실제로 상준은 그렇게 생각하고 있었다.

도무지 납득하지 않으려 드는 동생들과 한바탕 치고받으려던 순간, 강주원이 중재하며 나섰다.

"왜 머리가 좋아야 하냐면……."

"네에!"

"시장을 파악하고 분석하는 능력. 그리고 치고 빠질 때를 알아야 하는 확실한 멘트 구상력까지."

"오."

"이런 게 전부 브레인이라는 거죠."

—포장 잘하네

—포장 맛집이다 ㄷㄷ

그래서 탑보이즈와 블랙빈이 대결할 브레인 종목은.

바로 이전에도 여러 번 해본 적 있었던 간단한 상식 퀴즈였다.

강주원은 오른손을 치켜 든 채 주먹을 쥐었다.

"바로 수도 퀴즈입니다!"

"와아아아!"

일단 환호성부터 지르고 보는 열 명의 멤버들.

그 사이로 도영의 해맑은 한마디가 울려 퍼졌다.

"수도가 뭐예요?"

"야……."

"컨셉이라고 말해, 제발."

"이런 애들을 데리고 무슨 상식 퀴즈를 해요."

—ㅋㅋㅋㅋㅋㅋㅋㅋㅋㅋㅋㅋㅋㅋㅋㅋ

—도영아 그 강을 건너지 마…….

—진… 진짜 모르는 거 아니지?

"아, 뭔지 알았어요. 깜빡한 거예요, 깜빡."

"네가 말하니까 되게 신빙성이 없어요."

은수의 묵직한 팩트에 도영이 허우적대는 사이.

강주원은 혼란스러운 낯빛으로 문제를 내기 시작했다.

먼저 탑보이즈의 차례.

"미국의 수도는?"

"어… 미국에 있겠죠?"

"야, 이 멍청아."

"왜! 넌 알아?"

"우리 예전에 수업도 했잖아, 멍청아!"

우당탕탕.

유찬과 도영이 열심히 싸우는 사이, 승부는 이미 판가름 난 거나 다름이 없었다.

결과는 블랙빈의 완승이었다.

탑보이즈는 유찬과 선우 외엔 입을 뻐끔대는 사람조차 없었다.

'재능… 대여할걸.'

상준은 머리를 긁적이며 해맑게 웃었다.

하지만, 괜찮다.

원래 탑보이즈의 진짜 매력은 브레인이 아니니까.

“저희가 다음 차례는 무조건 이깁니다.”

“확실한가요?”

“그럼요.”

강주원은 너털웃음을 터뜨리며 고개를 끄덕였다.

이제는 오직 한 종목만이 남아 있었다.

탑보이즈와 블랙빈 모두 자신감 넘치게 날아오를 종목.

이번 리얼리티에서도 사실상 빅 매치였다.

—오 뭐려나???????

—민속촌이잖아. 그러면 민속촌스러운 거 할 거 같은데?

—운동회인 듯

—아 맞네 ㄷㄷ 운동회

—운동회면 우리 선우가 또 빠질 수 없지

—선무룩 ㅋㅋㅋㅋㅋㅋㅋㅋ 왜 괴롭혀요 다들

—선우… 운동 잘하지

팬들의 예상은 맞아 들어갔다.

마지막 대결 종목은 운동과 관련된 게 맞았으니까.

탑보이즈의 전문 몸치인 선우는 벌써부터 댓글을 보고선 몸을 사리고 있었다.

“불안한데.”

“어, 형. 나도 되게 불안해.”

운명 공동체인 제현이 짧게 탄식을 내뱉었다.

강주원은 그런 탑보이즈를 돌아보며 다음 멘트를 이어갔다.
"네, 뭐 많이들 예상을 하고 계신 거 같아요."
"운동회! 운동회! 운동회!"
"아이돌 하면 또 중요한 게 바로 민첩성 아닙니까?"
"민첩성?"
강주원의 한마디에 단체로 추측에 들어갔다.
"그런데 여기가 또 민속촌이잖아요?"
"맞네, 민속촌."
상준은 선우의 옆구리를 툭 치고선 작게 속삭였다.
"그거 아닐까? 제기차기?"
"어!"
"맞는 거 같지?"
블랙빈도 저마다 예상을 내놓고 있었다.
"내가 봤을 때는 팽이치기 아닐까."
"투호 아니야?"
"민첩성이면 던지는 종류는 아닐 거 같은데."
"흐으으음."
온갖 추측이 떠돌아다니던 그 순간.
강주원이 의미심장한 미소를 지은 채 말을 이어나갔다.
"민첩성을 파악할 수 있는 가장 전통적인 우리 민족의 놀이죠."
"뭔가요!"
"바로……."
두구두구두구.
리액션이 흘러넘치는 두 팀의 효과음이 더해지고.

강주원은 뻔뻔한 얼굴로 크게 외쳤다.
"계주입니다!"
"계주가 민속놀이였어?"
"전통적인 거 맞아?"
웅성웅성.

—계주… 가 전통적인가?
—제기차기 생각한 사람 손?
—손
—손
—나도 손
—나는 발
—솔직히 이건 제기차기 아닌가

"아니죠."
강주원은 단호하게 검지손가락을 흔들었다.
"아니……. 봐봐요, 여러분. 계주가 얼마나 전통적인데요."
"대체 어떤 면에서요?"
"호모에렉투스 시절에도 인간은 달렸습니다."
"아, 맞네."
"역사적이네."

—이걸 왜 납득을 하고 있어 멍청이들아
—아니, 근데 계주가 전통적이긴 함.

—ㅋㅋㅋㅋㅋㅋㅋㅋㅋㅋㅋㅋ 미쳐 돌아가네

"맞죠?"
"맞습니다아!"
탑보이즈는 납득이 빨랐다.
어차피 어찌 되었든 블랙빈을 이기기만 하면 되니까.
패기 넘치는 파이팅 소리가 양 팀에서 울려 퍼졌다.
"탑보이즈 파이팅!"
"블랙빈 파이팅!"
1 대 1.
이 마지막 승부에 승패가 갈릴 예정이다.
상준은 상운을 돌아보며 자신감 있게 웃어 보였다.
"자신 있나 봐?"
"내가 저 바통만 잡으면 날거야. 이따가 봐."
"…예?"
허세가 흘러나오는 건 도영 쪽도 마찬가지였다.
쉴 새 없이 조잘대는 도영.
그 모습을 지켜보고 있던 은수가 나직이 한마디를 날렸다.
"쟤는 왜 입으로 100미터를 뛰고 있냐."

—입으로 뛰는 도영이 ㅋㅋㅋㅋㅋㅋㅋㅋ
—입으로 백 미터 도랏
—…팩트긴 해.
—도영이 파이팅!

—이건 자존심을 건 싸움이다.

“자, 준비되셨죠?”

이글이글.

양 팀이 불타고 있는 동안 강주원은 신난 얼굴로 사기를 북돋았다.

계주의 첫 번째 순서로 나온 것은 유찬과 강원.

“우와.”

체격 차이부터 장난 아니다.

상준은 감탄하며 작게 중얼거렸다.

“유찬이 튕겨 나갈 거 같은데.”

“재가 저래 보여도 빠르지 않나?”

두구두구두구.

도영의 효과음과 함께 마당에 긴장감이 서렸다.

그리고.

삐—.

강주원의 휘슬 소리와 함께 둘이 동시에 내달리기 시작했다.

“엄유찬! 엄유찬! 엄유찬!”

“강원아 꺾어!!”

확실히 유찬이 빠르다.

처음에는 걱정했던 탑보이즈 멤버들도 금세 방방 뛰면서 유찬을 응원하기 시작했다. 빠른 속도로 코너를 벗어나서 직선 트랙을 내달리는 유찬.

“허억… 헉.”

그다음은 선우의 차례였다.

—아… 선우가 갑니다
—벌써 불안한데 ㄷㄷ
—왜 바통 잡자마자 힘들어 보이냐?
—ㅠㅠㅠㅠㅠㅠ선우야 달려

"으아아악!"
선우는 괴성을 내지르며 앞으로 달려 나갔다.
하지만…….
그런 선우의 뒤를 맹렬하게 쫓아가는 건 블랙빈의 은수였다.
확실히 빠르다.
선우가 느린 것도 느린 거지만.
격차가 순식간에 벌어진다.
"선우야!"
"아, 저 몸치……."
"그러려니 해."
제현은 안타깝다는 듯이 중얼거렸다.
"제현아악!"
선우는 그렇게 제현의 이름을 부르고선 바닥에 나동그라졌다.
간신히 바통을 잡은 제현이 그새 격차가 벌어진 마당을 내달리는 동안.
"선우야……."
"허억… 헉."

—선우 죽어나감ㅋㅋㅋㅋㅋㅋㅋ

—누가 우리 몸치한테 저런 걸 시켰어 ㅠㅠ

—노장의 투혼…….

—노장의 투혼 미쳤냐 ㅋㅋㅋㅋㅋㅋㅋㅋ

—말넘심 ㅠㅠ

"죽을 거 같애……. 아, 이미 죽었나?"

"너……."

"나 열심히 달렸지?"

"아니, 진짜 못 달리더라."

상준은 혀를 내두르며 단호하게 고개를 저었다.

제현이 아무리 따라잡아 보겠다고 달려도 쉽사리 격차가 좁혀지지 않는다.

다음은 탑보이즈의 도영과 블랙빈 찬의 차례.

"우아아악!"

도영이 호들갑을 떨며 내달리자, 찬이 기겁한 얼굴로 템포를 유지한다.

"오."

뜻밖의 속도다.

생각보다 뒤처지는 찬의 틈새를 파고들어 앞으로 튀어 나가려는 도영. 하지만, 이미 격차가 상당한 상황.

"그냥 좁혀!"

"아아아악!"

조금씩 거리가 좁혀지긴 했지만, 아직은 부족했다.

이대로 가면 탑보이즈가 지게 생겼다.
"후."
상준은 심호흡을 하며 옆으로 고개를 돌렸다.
각 팀의 마지막 주자가 라인 위에 섰다.
그리고 공교롭게도 라이벌이 된 둘.
"와, 명경기다."
"상준이 형도 잘 뛰는데."
상준과 상운이었다.
상운은 저편에서 찬이 앞서 달려오는 걸 보고선 나직이 말했다.
"살살 달려줄게."
"이야, 그럴 여유 없을걸."
그때였다.
탁.
찬에게서 바통을 받은 상운이 먼저 내달리기 시작했다.

*　　　*　　　*

"상준이 형, 달려!"
도영이 악 소리를 내지르며 건넨 바통.
상준의 눈빛이 곧바로 바뀌기 시작했다.
이미 상운과는 거리는 3m 정도 차이가 난다.
하지만, 상준은 여유롭게 미소를 지었다.
「운동 신경의 천재」.
아세대 경기 당시에 상준을 다크호스로 올려놓은 그 재능이.

화려하게 눈앞에서 빛나고 있었기 때문이었다.

'딱 기다려.'

반드시 따라잡는다.

상준은 이를 악문 채 빠르게 튀어 나가기 시작했다.

"상준아! 달려! 달려!"

"탑보이즈! 탑보이즈! 탑보이즈!"

난리가 난 건 관객석, 아니, 유이앱 너머의 팬들도 마찬가지였다.

실제 운동회 경기를 지켜보고 있는 듯한 기분.

—영차 영차

—영

—차

—영

—영

—어우 똑바로 좀 해봐

—탑보이즈가 이길 거임 다시 ㄱㄱ 영

—영

—야!!!!!

블랙빈의 팬들도 잔뜩 흥분한 상태로 빠르게 댓글창을 채워 나갔다.

아직까지는 상운이 앞서고 있는 상황.

하지만, 뒤따라오는 상준의 속도가 만만치 않았다.

—안돼ㅠㅠ 상운아 할 수 있다 ㅠㅠ

—제발!! 제발!!!

—블랙빈 이겨라!!

한 치 앞을 알 수 없는 경기.

상준은 트랙이 얼마 남지 않은 것을 확인하고선 마지막 스퍼트를 냈다.

"와아아악!"

간절한 내달림과 함께.

"뭐야!"

상준이 인코스로 치고 들어갔다. 나름 필사적으로 달리고 있던 상운은 경악하며 뒤로 밀려났다.

"아, 절대 안 돼."

"뭐래, 내가 빠르다니까."

투닥투닥.

싸우는 와중에도 막판 스퍼트를 올리는 둘.

분명 시작은 상운이 유리했지만, 한 치 앞도 알 수 없는 지경으로 승부가 치달았다.

치열했던 한 판의 승부.

결과는…….

결과는……!

"탑보이즈의 승리입니다!"

먼저 라인에 들어온 상준.

탑보이즈가 호들갑을 떨며 자리에서 일어났다.

"와아아아악!"

"탑보이즈! 탑보이즈! 탑보이즈!"

두 팀 모두 혼을 쏟아부은 계주 경기가 그렇게 마무리됐다.

"와."

"죽을 거 같다."

그리고, 그 결말은 다소 처참했다.

"아이고, 아이고."

"상준이 형 안 일어나는데?"

"…힘들어."

상준은 엎어진 상태로 꼼지락거리고 있었다.

그걸 무심히 지켜보고 있던 제현이 작게 중얼거렸다.

"삭신이 쑤시는 거 같아요."

"제현아, 넌 조용히 해. 상준이 형 요단강 건너고 있다잖아."

"아, 저런."

쓸데없이 너무 열심히 한 자들의 폐해.

낙엽처럼 굴러다니는 멤버들을 본 강주원은 웃음을 참지 못했다.

"네, 지금까지 펼쳐졌던 탑보이즈와 블랙빈의 빅 매치, 최종으로 탑보이즈가 승리하면서, 오늘 경기 마치도록 하겠습니다!"

"꾸에엑……."

"다음에도 더 좋은 경기로 찾아뵙도록 하겠습니다! 안녕히 계세요!"

으어어억.

이긴 자들이 없는 듯한 묘한 경기.

그렇게 민속촌에서의 촬영이 힘겹게 끝이 났다.

*　　　*　　　*

서울의 한 부동산.

모자를 깊게 눌러쓴 두 남자가 생글거리며 들어왔다.

"안녕하세요!"

나란히 앉아 있던 아주머니와 아저씨는 담담한 얼굴로 자리에서 일어났다. 새 매물을 보러 들어온 듯한 젊은 청년 둘.

단지 그렇게만 생각하고 있던 아주머니는 뒤늦게 두 눈을 끔뻑였다.

"어… 어?"

어디서 많이 본 듯한 얼굴.

그렇다고 지인은 아닌데.

"어!!"

아주머니는 기겁하며 아저씨의 옆구리를 쿡 찔렀다.

"아이, 왜 그래."

"연, 연예인 아냐?"

"뭐? 연예인?"

그제야 모자를 벗으며 싱긋 웃는 상준.

상운이 고개를 끄덕이며 살갑게 말을 얹었다.

"매물 보러 왔습니다."

"맞네, 아니. 탑보이즈, 블랙빈 맞지?"

"어, 맞아요."

상준이 수긍하자 아주머니는 감탄하며 두 손을 모았다.

"아니, 연예인이 어쩌다가 여기를. 방송 촬영하는 거 아니죠?"

"아니에요. 진짜 집 보러 온 거예요."

상준은 피식 웃으며 손사래를 쳤다.

실제로 둘은 오늘 집을 보러 온 게 맞다.

조금 특별한 집을.

"무슨 집이요?"

오늘은 스케줄이 없으니 차근차근 해도 상관없다.

아저씨가 건네는 차를 홀짝이며 상준은 대화를 이어갔다.

한강 뷰의 근사한 매물을 보러 왔다고 생각했던 아주머니는 뜻밖의 매물에 당황했다.

"아, 이 집을 보러 오신 거예요?"

"네!"

서울시 외곽에 위치한 단독주택.

지어진 지 최소 10여 년은 훌쩍 넘은 데다가, 집값도 예전에 비해 크게 뛰지 않은 지역이었다.

그렇다고 교통이 탁월하게 좋은 것도 아니고.

연예인이 이런 집을 찾고 있다는 게 마냥 의아했다.

때마침 주인이 팔려고 내놓은 집이긴 한데…….

그 이유가 아무래도 궁금했다.

"이 집은 왜요?"

"어……."

"솔직하게 말하자면, 이 근방에 더 좋은 집도 많은데. 투자 목적으로 사는 것도 아닌 거 같고."

아저씨 역시 머리를 긁적이며 말을 얹었다.

"음. 넓은 집 좋아하나?"

"아, 그런 건 아니고요."
상준은 웃으며 고개를 저었다.
사실 이 집을 돌아 돌아 찾은 이유는 따로 있었다.
"좀 특별한 집이라서요."
"아, 혹시……."
상준의 말에 뒤늦게 감을 잡은 아주머니가 손뼉을 쳤다.
"본가인가?"
"네, 예전에 살았던 집이요."
이제는 좀 여유가 생겨서 그런가.
연습생의 꿈을 안고 엔터에 들어가기 전에 부모님과 살았던 본래의 집.
그곳을 다시 한번 찾아가고 싶었다.
상운도 비슷한 생각이었기에, 이렇게 다시 부동산을 찾게 된 것이었다. 아주머니는 흐뭇하게 웃으며 고개를 끄덕였다.
"그러면 한번 가보시죠, 오늘."
"네, 좋아요."
고민할 필요도 없었다.
상준은 고개를 끄덕이며 자리에서 일어났다.

* * *

묘하게 향수가 느껴지는 골목길.
돌담 위로 담쟁이넝쿨이 빼곡하게 늘어져 있었다.
봄이면 개나리꽃이 흐드러지게 피었던 추억 속의 골목길이었다.

"저쪽으로 가면 초등학교 나오잖아."
"아, 맞아. 문구점도 있나?"
"망했을걸."
상준과 상운은 추억을 되짚으며 길을 걸었다.
가파른 골목길을 보니 자연히 추억이 몽글몽글하게 떠오른다.
"여기서 썰매도 탔잖아."
"자전거 손 놓고 타다가 병원 실려 간 건 기억나고?"
"켁."
상준은 상운을 향해 묵직한 한마디를 던졌다.
어려서부터 얼마나 병원에 많이 실려 갔는지.
거기에 데뷔 직전 교통사고까지.
참으로 파란만장했던 과거였다.
"아직 멀쩡하면 됐지."
"그러네."
상운은 머리를 긁적이며 피식 웃었다.
그렇게 몇 분을 걸었을까.
그토록 찾고 있던 익숙한 대문이 눈에 들어왔다.
"어, 저기다."
한눈에 알아볼 수 있었다.
십여 년이 지났어도 그만큼 오랜 시간을 있었던 곳이었으니까.
상운은 두 눈을 반짝이며 발걸음을 재촉했다.
"우와."
초록색 대문을 열고 들어서자, 익숙한 풀 내음이 상준을 맞이했다.
상준의 기억 속 마당의 모습 그대로다.

"역시 안 변했구나."
상준은 웃으며 신발을 벗었다.
막상 안으로 들어가니, 향수는 더 물밀듯이 밀려왔다.
아직도 기억에 생생한 마룻바닥.
"여기서 피아노도 쳤잖아."
"네가 너무 잘 쳐서 내가 때려쳤잖아."
"아, 그러네."
상운은 어깨를 으쓱이며 방 곳곳을 구경했다.
지난 시간 동안 다른 사람이 써 왔기에 많이 변해 버린 모습이었지만, 원형만큼은 그대로 남아 있었다.
상준은 마룻바닥에 앉아 두 눈을 감았다.
"좋았었지."
긴 시간이 흘러 다시 이 집을 찾아왔지만.
그때의 시간은 두 번 다신 되돌릴 수 없다.
상준은 묘한 기분 속에 숨을 들이쉬었다.
상운은 대답 대신 휴대전화를 바닥 위에 꺼내놓았다.
"뭐 해?"
"갑자기 떠올랐어."
예전의 키보드는 여기에 없지만.
지금 상운의 휴대전화에는 피아노 어플이 깔려 있었다.
"반주 한번 깔아볼게."
어릴 적에 살았던 집이지만, 상운 역시 느끼는 감정은 비슷했다.
옛날 피아노처럼 깊은 울림은 아니었지만, 감성만큼은 그때처럼 깊었다.

"어때?"

디리링—.

부드럽게 미끄러지는 멜로디.

발랄하면서도 슬퍼 보이는 묘한 분위기에, 상준은 잠시 생각에 잠겼다.

"좋다."

상운은 고개를 끄덕이며 조심스레 입을 뗐다.

즉석에서 부르는 노래.

아무런 준비도 안 되어 있지만, 그냥 마음 가는 대로 가사를 읊어보고 싶었다.

힘없이 흔들리던 그때
나를 받쳐줬던 이 바닥

제목은 「마루」였다.

스쳐 가듯 떠오른 영감을 그대로 내뱉었을 뿐.

시간이 흘러
낡고 삐걱일지라도
여전히 있잖아
그 모습 그대로

상준은 고개를 끄덕이며 상운의 노래를 감상했다.

매번 상운의 노래를 들을 때마다 느끼는 거지만 그의 노래에는 힘이 있었다.

사람들을 노래 속 장면으로 끌어들이는 힘.

변함없이 버텨줬다는 게
마냥 고마웠어

제대로 된 키보드도 아니지만, 상운은 제법 능숙하게 반주를 해나갔다. 그 위로 더해지는 상운의 목소리.

다시 돌아왔어
이 바닥을 어루만지며

마룻바닥을 천천히 쓸어내리며.

상운은 마지막 소설을 읊었다.

먼 시간이 흘러, 둘이 이곳을 다시 찾은 것처럼.

영원히 이 집은 기억 속에 남아 있지 않을까.

그런 마음을 담은 가사였다.

때론 지워지지 않는 기억도 있는 거라고
그렇게 속삭이고 있어

즉석에서 뽑아낸 곡이라고는 믿기지 않았다.

당장 어디 가서 발매해도 될 법했던 곡.

상준은 잠자코 노래를 듣고 있다가, 고개를 벌떡 들었다.

"음."

"왜?"

"시간이 흘러 낡고 삐걱이는 게 나는 아니지?"

생각해 보니 병실에서 처음 눈을 떴을 때.

몇 년이 흘러 버린 상운이 그런 생각을 하지 않았을까 싶어서였다.

그냥 불쑥 던진 말이었는데.

"…맞냐?"

표정을 보니 뭔가 의심스러운데.

"에이, 설마."

"그러게, 설마. 근데 왜 불안하지?"

"형은 삐걱이진 않잖아."

"낡은 거야, 그러면?"

쓰읍.

상준은 혀를 내두르며 자리에서 벌떡 일어났다.

이래서 동생은 키우는 게 아니랬는데.

"좋, 좋은 뜻이잖아!"

"낡았다며."

우당탕탕.

낡은 마룻바닥에서 한참 동안 설전을 펼치던 둘은 천천히 대문 밖을 나왔다. 앞으로도 자주 찾게 될 집.

추억을 되새길 때나, 새 곡을 구상할 때 종종 들를 생각이었다.

"그래도 좋네. 내가 낡은 마룻바닥 된 거 빼곤."

"그거 아니라니까."

투덜투덜.

상준은 한숨을 내쉬며 대문을 한 손으로 잡았다.

초록색 대문이 반갑게 손을 흔들듯 덜컹하고 닫혔다.

이제 다시 돌아가야 했다.

"가자."

그렇게 몇 걸음을 내디뎠을 때.

툭.

별생각 없이 걸어가던 상준은 골목길을 돌아온 한 남자와 부딪혔다.

미묘하게 느껴지는 위화감.

상준은 위축되는 기분에 반사적으로 고개를 숙였다.

"어, 죄송합니다!"

아직 모자를 눌러쓰지도 않은 상태.

상준은 맨얼굴을 쓸어내리며 고민했다.

'못 알아봤나?'

정면에서 부딪혔으면 알아봤을 법도 한데 말이다.

상준은 대수롭지 않게 어깨를 으쓱이며 상운을 돌아보았다.

그런데.

"…어?"

상운은 멀어지는 남자의 뒷모습을 빤히 보고 서 있었다.

고개를 갸우뚱해 보이는 상운.

상준은 의아한 낯빛으로 물었다.

"왜 그래?"

"아니, 어디서 본 것 같아서."

"뭔 소리야."

여전히 천천히 걸어가고 있는 남자.

남자의 뒷모습이 점이 되어 보이지 않을 때까지, 상운은 시선을 고정하고 있었다.

"어디서 봤다는 거야?"

"꿈… 속에서?"

이건 또 무슨 소리…….

"뭐?"

상준은 놀란 눈으로 뒤늦게 물었다.

생각해 보니 스쳐 지나갈 때 느껴졌던 그 위화감.

상준 역시 이전에 느껴본 적 있던 감정이었으니까.

"설마."

재능 서고를 상준의 손에 쥐여준 그 남자가.

상운의 꿈속에서 무의식을 함께했던 그 존재가.

방금 자신의 곁을 스쳐 지나갔던 거라면.

"……."

상준은 남자가 떠나 버린 허공을 물끄러미 응시한 채, 침을 삼켰다.

이미 보이지 않을 정도로 멀어졌다.

상준은 낮은 목소리로 중얼거렸다.

"그냥 가버리네."

고맙다는 인사는 하고 싶었는데.

제7장

[외전] 끝, 다시 시작

5년이 흘렀다.
한 면이 창으로 된 널찍한 사무실.
상준은 명패를 쓸어내리며 싱긋, 미소를 지었다.

[온탑엔터테인먼트 대표 나상준]

탑보이즈로 활동하면서도 줄곧 생각해 왔던 꿈의 종착지.
프로듀싱을 본격적으로 해보고 싶다는 생각에, 상준은 엔터 회사를 차리게 되었다.
상준이 직접 키운 친구들이 드디어 데뷔를 앞두고 있는 상황이고.
다시 출발선에 선 기분이지만, 상준은 잘해낼 자신이 있었다.
그동안 그래 왔던 것처럼.

똑똑.

"들어오세요."

그때였다.

벌컥—.

문을 열어젖히고 반가운 얼굴이 들어왔다.

탑보이즈의 유찬이었다.

"일하고 있었어?"

"그건 아닌데."

상준과 함께 온탑엔터테인먼트를 운영하고 있는 유찬이다.

그렇다고 탑보이즈로서의 활동을 끝낸 것은 아니기에, 일이 두 배가 되어 새삼 벅차다.

"바빠 죽을 거 같지?"

"당연하지, 형. 아니, 애들 데뷔는 코앞이지. 지난주에는 내가 직접 가르쳤어."

"춤?"

"그렇다니까."

유찬은 뿌듯한 미소를 지으며 자랑을 늘어놓았다.

트레이너 선생이 없는 건 아니지만, 은근히 섬세한 성격인 터라 직접 눈으로 봐야 마음이 놓이는 유찬이다.

상준은 사람 하나는 참 잘 봤다고 생각하며 고개를 끄덕였다.

"아, 형."

유찬은 갑자기 생각난 듯이 상준에게 말을 던졌다.

"다음 주면 데뷔 10주년이잖아."

"그렇지."

벌써 그렇게 됐다.

상준은 감격에 잠긴 얼굴로 고개를 끄덕였다.

"한번 모이는 게 좋을 거 같은데?"

"유이앱 한번 켜야 하지 않을까."

상준은 유찬의 말에 수긍하며 라이브 방송을 제안했다.

군백기 이후에 정규앨범 활동을 꽤 쉬었으니, 팬들이 기다릴 법도 했다. 이렇게라도 얼굴을 비쳐주길 기대하고 있을 테니, 유이앱 방송을 켜는 것도 좋을 거 같았다.

"그러자. 조 이사님 한번 불러야지."

"파티나 열까?"

상준은 두 눈을 반짝이며 의견을 던졌다.

기왕 만날 거면 좀 거창하게 만나보자는 소리.

다섯이 다 함께 모이는 건 제법 오랜만이기 때문이었다.

"좋지."

유찬은 격하게 고개를 끄덕였다.

그러고 보니 다들 일정이 되려나.

선우는 전역하고 요새 영화 촬영하느라 바쁘고, 제현이도 예능 나가고 있고. 상준과 유찬은 방송 활동을 계속하다가 온탑엔터 소속 친구들의 데뷔 준비를 위해 공을 들이고 있다.

저마다 바쁘게 사는 중이다.

상준은 갑자기 떠오른 걸 유찬에게 넌지시 물었다.

"도영이는 어디 갔어?"

"아, 이탈리아 갔다던데?"

이탈리아? 갑자기 웬 이탈리아?

상준은 해외 촬영이 있었나 하고선 의아해했다.

"왜? 무슨 일 있어서?"

예능프로가 있었을 수도 있고, 바쁜 일정 사이에 휴가를 갔을 수도 있다. 그렇게 짐작하고 있던 상준의 뜻밖의 말에 두 눈을 크게 떴다.

"파스타 먹으러."

켁.

상준은 혀를 내두르며 말을 뱉었다.

"어휴, 그 또라이."

"어제 저녁부터 파스타가 눈앞에서 삼삼했대."

"돌아버리겠네."

상준은 인상을 찡그리며 주머니에서 휴대전화를 꺼냈다.

어제 늦은 시각에 온 거라 확인을 못 했지만, 도영의 문자가 도착해 있었다.

[파스타 먹으러 옴 〉〈]

상준은 깊게 한숨을 내쉬며 문자에 답장했다.

[맛있냐?]

[존맛.]

자고 있는 줄 알았는데 바로 답이 오네.

유찬은 어이가 없다는 듯이 웃음을 터뜨렸다.

"원래 저러잖아."

"다음에는 달팽이 먹고 싶다고 프랑스 가는 거 아니야?"

"그것도 하려고 했는데, 제현이가 욕했잖아."

"뭐라고?"

"배신자라고. 팽이의 보호자였으면서 달팽이를 먹으면 안 된다나."

시도를 했다는 것도 놀랍지만, 제현의 논리에 수긍했다는 건 더 놀라웠다. 상준은 어깨를 으쓱였다.

"아, 그런가?"

"아무튼 안 먹기로 계약서까지 쓰고 프랑스는 그냥 놀러 갔다 왔댔어."

"주 업무가 백수구만, 아주."

상준은 혀를 차면서 도영의 문자에 답했다.

[올 때 메로나]

[여기 없음 ㅅㄱ]

"망할."

[메론이라도 깎아 오든가]

[아 그건……. 어케 어케 구해보겠음 ヽ(´▽`)/]

참으로 흐뭇한 동생이다.

상준이 미소를 짓고 있는 사이에, 대표실로 또 하나의 손님이 들어왔다. 사실상 24시간 가까이 붙어다녔던 익숙한 얼굴이다.

"어?"

"다들 여기 있었네."

"오셨어요?"

송준희 매니저.

요새는 온탑엔터테인먼트에서 매니지먼트 팀 일을 돕고 있었다.

유찬은 해맑게 손을 흔들며 송준희 매니저를 맞이했다.

"어윽. 죽겠다."

이쪽도 초췌해 보이는 건 마찬가지다. 꼬박 이틀을 밤을 샜는지 골골거리던 송준희 매니저는 소파에 몸을 기댔다.

그의 손에는 이번에 나온 앨범 재킷 사진이 들려 있었다.

"어제 찍은 거죠?"

"한번 확인해 볼래?"

온탑엔터테인먼트에서 데뷔를 앞두고 있는 첫 번째 보이 그룹, 클라우드. 재킷 사진을 여러 장 펼쳐본 상준은 나직이 감탄했다.

탑보이즈처럼 청량 컨셉으로 데뷔시킬 녀석들인데, 벌써부터 비주얼 합이 장난 아니다.

"잘 나왔지?"

"그러게요."

"이야, 상큼하네."

유찬이 웃으며 말을 던지자 상준이 가만히 있다가 고개를 저었다.

"그 말 꺼낼 때마다 이해강이 갑자기 화내."

"아직도?"

"요새는 더 화내. 자기도 이제 선배래. 처음 보는 후배들이 와서 상큼하세요, 하고 인사한다고 잔뜩 화나 있던데."

"푸흡."

"자기도 이제 서른 살이 넘었다고, 이미지 좀 지켜달라나."

10년이 가는 별명.

상준은 유감이라는 듯 어깨를 으쓱였다.

뭐, 누구나 그런 흑역사는 있는 거 아니겠어.

지금은 그보단 놀랍도록 잘 뽑힌 재킷 사진에 감탄할 때였다.

"뜰 거 같지 않아? 우리 애들이라서 그런가."

"딱 우리 데뷔할 때 보는 거 같다."

유찬은 손뼉을 치며 기분 좋게 웃었다.

처음 탑보이즈로 데뷔 전 뮤직비디오를 찍었을 때가 아직도 생생했다. 특히 모든 컷에 혼을 쏟아붓던 상준의 모습이.

"형 진짜 열심히 했잖아."

"그러엄. 매사에 열심히 했지."

새삼 데뷔하는구나 싶어서 정말 최선을 다했었다.

연기 재능까지 대여해 가는 건 물론이고, 표정 연기 연습을 얼마나 열심히 했던지.

상준은 두 손을 모은 채 작게 중얼거렸다.

"애네도 떨리겠네."

"구경 갈까?"

오늘 마침 간이 평가가 예정되어 있었다.

나름 열심히 연습해서 준비 중이었던 모양인데.

상준은 고개를 끄덕이며 자리에서 일어났다.

"말 나온 김에 보러 가자고."

온탑 엔터의 미래가 어떻게 될지.

*　　　*　　　*

한눈에 봐도 잔뜩 긴장한 기색의 친구들.

총 7명의 멤버들이 침을 삼킨 채 상준의 눈치를 보고 있었다.

그도 그럴 것이, 눈앞의 두 사람은 대표이자 전설이다.

탑보이즈의 상준과 유찬.

'아, 무섭다.'

클라우드의 리더는 눈을 열심히 굴리며 속으로 중얼거렸다.

그때였다.

정적을 깨고 상준이 입을 열었다.

"무슨 곡 할 거예요?"

"……!"

겨우 한마디를 던졌을 뿐인데 단체로 난리가 났다.

"잠, 잠시만요!"

"준비하겠습니다!"

갑자기 자리를 잡기 시작하는 녀석들.

간이 평가가 있다는 말은 있었지만, 이렇게 바로 시작할 줄은 몰랐던 눈치. 두 눈을 끔뻑이는 녀석부터, 팔을 버둥거리는 친구까지.

'아, 진짜 귀엽잖아.'

딱 데뷔 때의 자신들을 보는 것 같다.

유찬은 웃음을 참기 위해 아랫입술을 꽉 깨물었다.

중압감을 이겨낸 리더가 입을 빼끔거리며 간신히 말을 뱉었다.

"블랙빈의 러브 포이즌이요."

명곡이지.

고개를 끄덕이던 송준희 매니저가 피식 웃으며 농담을 던졌다.
“야, 여기 탑보이즈가 둘인데 선곡이 좀 그렇다.”
“네?”
“헉. 그… 그, 다른 거 해볼까요?”
상준은 송준희 매니저의 옆구리를 쿡 찌르며 고개를 저었다.
“애들 진짜인 줄 알잖아요, 그러면.”
“농담이야, 농담.”
벌벌 떨고 있는 리더.
유찬이 다급히 손을 뻗으며 클라우드를 진정시켰다.
“편하게 해, 편하게.”
더 무섭다.
‘나, 이대로 집에 가는 건가.’
덜덜.
리더는 마이크를 붙든 채 심호흡을 했다.
상준은 괜찮다는 듯 의자를 뒤로 젖혔다.
진정하고 나서 해도 상관없다. 잠시 기다리면 되니까.
“편할 때 해요.”
“지금 당장 할게요!”
“어… 어?”
“시… 시작!”
급하게 자리를 잡는 클라우드.
블랙빈의 러브 포이즌 전주가 흘러나온다. 아까까지 덜덜 떨고 있던 녀석들의 눈빛이 바로 달라지기 시작했다.
‘뭐야, 아까와는 너무 다르잖아.’

무대 위에선 제법 카리스마가 넘친다.

눈앞의 두 전설을 두고도 무대를 씹어먹을 듯한 강렬한 눈빛을 선보이는 녀석들. 걱정하고 있던 상준은 금세 흐뭇한 미소를 지었다.

"잘한다."

"그렇지?"

유찬도 고개를 끄덕이며 엄지손가락을 치켜들었다.

옛날의 탑보이즈를 보는 듯한 부드러운 춤선.

확실히 온탑엔터라서 그런가, 강렬한 곡임에도 춤이나 보컬 스타일에서 상준의 성격이 많이 묻어 있었다.

"와."

송준희 매니저도 고개를 까딱이며 무대를 즐기고 있었다.

처음 탑보이즈를 만났을 때, 그 순간을 다시 눈앞에서 보는 기분이다.

'너… 어떻게 너만 학교를 빨리 갈 수 있어? 유치원이! 유치원이 얼마나 중요한 교육과정인데 1년을 떼먹어?'

'아악, 이거 놓고 말해!'

'야, 너 필요할 때만 한 살 줄이기가 어딨어!'

선우의 빠른 연생 논란으로 신나게 멱살을 잡고 있었던가.

송준희 매니저는 저도 모르게 피식 웃었다.

"왜 그러세요?"

"딱 니들 보는 거 같아서."

"칭… 찬이죠?"

끝까지 참으로 탑보이즈스러웠던 무대.

이대로 데뷔시켜도 충분할 거 같은 만족스러운 실력이었다.

상준은 손뼉을 치며 탄성을 터뜨렸다.

"잘했어."

"감, 감사합니다!"

무대를 먹어 치울 것 같던 눈빛은 어디로 가고, 다시 겁먹은 얼굴로 두 눈을 굴리고 있다. 상준은 클라우드의 리더를 향해 악수를 건넸다.

"좋은 곡으로 멋있게 데뷔하자."

"네… 네!"

딱 선우를 보는 것 같다.

리더다운 선함과 책임감 있어 보이는 태도까지. 은근히 다른 멤버들을 챙기고 있는 모습까지도 선우를 닮아 있었다.

"수고했어."

"열심히 하겠습니다."

"그러면 나는, 가볼 데가 있어서."

"넵!"

"파이팅!"

상준은 데뷔할 친구들에게 격려를 마치고선 그길로 연습실을 나왔다. 유찬은 신난 얼굴로 콧노래를 흥얼거리며 상준의 뒤를 따랐다.

"도영이 출국 날짜 맞춰서, 성대하게 파티 하자고."

"그래."

짝.

상준과 유찬은 하이 파이브를 하며 텅 빈 복도를 따라 걸었다.

*　　　*　　　*

"축하합니다~ 축하합니다~! 탑보이즈의 10주년을 축하합니다!"
벽 뒤로 붙어 있는 풍선들.
화려하고 고급진 호텔에서 열릴 줄 알았던 파티는…….
뜻밖에도 JS 엔터의 연습실에서 열렸다.
"자, 온탑 여러분. 들어오세요."

—꺄아아아아ㅏ아아아
—얘들아 얼마 만이야 ㅠㅠ
—폭풍 눈물을 흘린다.
—너네를 기다리면서 울다가 우리 집이 바다가 됐어…….
—나는 벽을 쳤는데 옆집이 무너졌어 ㅠㅠ

언제와 같은 익숙한 주접들.
상준은 깔깔 웃으며 카메라를 향해 손을 흔들었다.
돌아왔다, 완전체로.
"10주년 라이브 방송을 시작합니다!"
멤버들은 동시에 카메라를 향해 시선을 고정했다

*　　　*　　　*

여느 때와 같이 자신들을 반기는 팬들.
오랜만에 돌아왔다고 해서 변하는 것은 없었다.
우당탕탕.
곧바로 한바탕 난리가 났다.
파티 준비에 급격히 분주해진 앵글 속 사람들.
"와인 있어?"
"와인은 무슨."
"아니, 왜 그런 것도 없어."

—뭐 이리 바빠 ㅋㅋㅋㅋㅋ
—다 카메라 밖에 있어 ㅋㅋㅋㅋㅋㅋㅋㅋㅋㅋ
—안 돼 애들아 너네는 천재 아이돌이야~ 다 어디 가는 거야~

"으아아악!"
열심히 달려가서 소주를 꺼내 오는 유찬.
예상 밖의 스케일에 팬들은 단체로 웃음을 터뜨리고 있었다.
도영은 아이스크림 다섯 개를 들고선 제자리로 돌아왔다.
멈추지 않는 이야기 보따리도 함께였다.
"여러분, 제가 이탈리아에 갔었는데요. 파스타를 먹었는데……."
"저 얘기 제가 미리 들었는데, 재미없어요."
"야! 엄유찬!"
"다른 얘기 꺼내봐 봐."

—ㅋㅋㅋㅋㅋㅋㅋㅋㅋㅋ단호한 커팅 포인트

—와 바로 편집해 버리네
—자체 편집 유이앱의 현장;;

도영은 고개를 끄덕이며 다시 이야기를 이어나갔다.
"거기서 한국인을 만났는데 나를 딱 보더니, 오! 이러는 거야. 그래서 속으로 와, 알아봤구나. 싸인을 어떻게 해줘야 할까 고민하고 있었거든?"
"그래서?"
"나를 딱 보더니… 묻는 거야."
"연예인이냐고?"
"길 아시냐고."
"…저런."
자고 막 일어난 상태라 좀 초췌해 보이긴 했단다.
도영은 그 말을 더하며 머리를 긁적였다.
물론 그 사실이 전혀 위안이 되진 않았다.

—현지인처럼 생겼나 ㅋㅋㅋㅋㅋㅋㅋㅋ
—아니… 그냥 만만해 보였던 거야 도영아 ㅠㅠ
—도를 아십니까가 안 나온 게 어디임

상준은 혀를 내두르며 종이컵에 사이다를 들이부었다.
나름 치밀한 2 대 1의 비율.
사이다 두 컵에 소주 한 컵을 고루고루 섞어준 뒤에.
마지막으로 아이스크림을 꽂아주면……!

상준은 탄성을 터뜨리며 멤버들에게 잔을 건넸다.
“와아아아!”
“아이스크림 소주 나왔다!”
시작은 달달한데 알싸한 끝맛이 훅 들어온다.
“거의 음료수인데?”
“맛있지?”
잘들 논다.
상준은 카메라를 돌아보며 엄지손가락을 치켜들었다. 나름 만족스러운 미소를 지어 보였지만 팬들의 반응은 영 떨떠름했다.

—와인이라며… 얘들아;;
—그런 고급스러움 따위 없음 ㅋㅋㅋㅋㅋㅋㅋ
—참… 한결같은 우리 애들…….

와인보다 더 고급진 아이스크림 소주의 매력을 모르다니.
도영은 혀를 내두르며 그러면 안 된다고 중얼거렸다.
유찬은 해탈한 상태로 웃었다.
“생각해 봐요, 여러분. 오랜만에 봤다고 사람이 달라지면, 그게 이상한 거예요.”
“맞네.”
“참 한결같죠?”
한층 더 한결같아질 Q&A 시간.
아까부터 빠르게 질문이 쏟아지고 있는 터라, 선우가 진행을 시작했다.

선우는 장난감 마이크를 손에 쥔 채 도영에게 말을 던졌다.

"짧게 Q&A 하고 갈게요. 도영아, 댓글 읽어봐."

"어엉."

빠르게 댓글을 스캔한 도영이 첫 번째로 찾은 댓글.

"10주년까지 달려왔는데, 탑보이즈가 장수할 수 있었던 비결은 뭐라고 생각하세요?"

"뭐라고 생각해?"

선우가 되묻자 잠시 고민하던 도영이 진지하게 답하기 시작했다.

장수하게 된 비결이라.

"음. 밥 잘 먹고 잠 잘 자고……."

"그 장수가 아니잖아."

"미친놈아."

유찬의 살벌한 팩폭까지.

도영은 시무룩한 얼굴로 저만치 밀려났다. 유찬은 한숨을 내쉬며 답변을 짧게 요약했다.

"도영이처럼 생각 없이 살면 장수할 수 있습니다."

—아앗…….

—저런 ㅠㅠ

—왜 반박을 못 하겠지……?

질문은 끊임없이 이어졌다.

그새 훌쩍 늘어난 동시접속자에 댓글을 읽는 것조차 쉽지 않을 정도였다.

여전히 탑보이즈가 정상에 있음을 실감하게 만드는 댓글 수.
그다음 질문들은 탑보이즈의 컴백에 관한 것이 가장 많았다.
선우는 질문을 읊으면서 유찬에게 가짜 마이크를 건넸다.
"다음 앨범은 언제 나오나요?"
다음 앨범은…….
유찬은 싱긋 웃으며 자신 있게 말했다.
"올해 중으로 좋은 앨범 들고 돌아오겠습니다."
팬들이 기다렸던 만큼.
더 좋은 앨범으로 보답하는 것이 탑보이즈의 몫이니까.
"와아아아!"
즐거운 함성 속에 유이앱 방송이 끝이 났다.

*　　　*　　　*

본격적인 파티는 이제부터 시작이다.
유이앱 방송이 끝나자마자, 익숙한 얼굴이 나란히 들어왔다.
"어, 매니저님!"
"여기 앉으세요, 여기!"
"다들 열심히 놀고 있었어?"
"그럼요."
훈훈한 대화를 주고받으며 둥그렇게 둘러앉았다.
조승현 이사와 송준희 매니저까지 다 함께 모인 조촐한 파티.
"와아아악!"
"건배!"

몇 번 술잔을 부딪힌 뒤에, 한 명씩 살고 있는 얘기가 흘러나왔다.

저마다 정신없이 바쁘게 연예 활동을 이어가고 있었다.

그러다가 이야기는 자연스레 온탑엔터의 데뷔조 친구들로 넘어갔다. 선우는 두 눈을 반짝이며 상준에게 넌지시 물었다.

"애들은 어떻게 돼가?"

"다음 주에 뮤직비디오 촬영 잡혀 있고 데뷔 앞두고 있지."

"화제는 충분하겠네. 상준이 직접 프로듀싱한 아이돌. 크, 죽인다."

도영은 호들갑을 떨며 손뼉을 쳤다.

실제로도 그랬다.

여태까지 상준이 프로듀싱한 친구들이 실패한 적이 없으니까.

새별X주형에 이어서, 수정, 그리고 아이돌 리부팅 프로젝트까지.

여전히 각자의 위치에서 잘나가는 친구들이다.

그래서 그런가. 상준은 뿌듯한 표정으로 말을 얹었다.

"예능프로도 제안 들어온 걸로 아는데."

"와, 벌써?"

"잘나가네."

"아."

어제쯤에 송준희 매니저가 그런 얘기를 했었다. 데뷔 전에 섭외가 들어와서 기뻐했는데 아직 자세한 얘기를 전달받지 못했다. 상준이 송준희 매니저를 돌아보자, 그가 생각난 듯 입을 열었다.

"SBC 메인 예능프로 제안이었는데."

"네."

"명반 리플레이 알지?"

시청률 10프로대가 넘는 나름 핵심 예능이다.

추억의 명곡 가수들을 초빙해서 후배 가수들이 해당 곡들을 커버하는 음악방송. 상준 역시 즐겨 보던 프로라서 관심이 많았다.

음악프로다 보니 화제성 면에서도 좋을 것 같고.

그런데.

"거기 프로 쪽에서 조건을 걸어왔거든."

"조건이요?"

"그게……."

송준희 매니저는 목소리를 낮추며 탑보이즈를 천천히 돌아보았다.

"같이 출연해 줬으면 좋겠대."

후배 가수로는 아닐 거고.

그러면?

"저희가… 전설로요?"

*　　　*　　　*

「명반 리플레이 탑보이즈 편, 온탑엔터 신인 출격」

「상준의 프로듀싱 그룹, 팀명은 클라우드」

「명반 리플레이로 전격 데뷔!」

—…맥주냐?

ㄴ아 ㅋㅋㅋㅋㅋㅋㅋㅋㅋㅋㅋㅋ

ㄴㅋㅋㅋㅋㅋㅋㅋㅋㅋㅋㅋㅋㅋㅋㅋㅋㅋㅋ도랐냐고

ㄴ맛있지…….

ㄴ팀명 무슨 일이야…….

ㄴ아냐. 나는 이해할 수 있어 ㅠㅠ 탑보이즈 이름도 만만치 않았어…….

ㄴ노래만 좋으면 되지 않을까?

ㄴ차라리 초코빙수로 하세요;;

—탑보이즈도 그렇게 욕먹었는데 성공했잖아 ㄱㅊ을 거야

ㄴㅇㅈ 그룹은 이름 따라가는 거라고. 뜻은 좋네 ㅎㅎ

ㄴ가요계의 구름이 되고 싶었나 봐요.

ㄴ그 강을 건너지 말았으면…….

—비주얼은 엄청나던데?

ㄴ딱 JS 엔터상 ㅋㅋㅋㅋㅋㅋ

ㄴㅇㅇ 탑보이즈 젊은 시절 보는 기분이었음.

ㄴ젊은 시절이라뇨 님아;;

ㄴㅋㅋㅋㅋㅋㅋㅋㅋㅋㅋㅋ팬들 극딜 봐

—다 필요없고 명반 리플레이 방송이나 존버한다 ㅠㅠ 우리 탑보이즈 얼마 만이야 ㅠㅠ

ㄴ흐어 ㅠㅠㅠ 탑보이즈 명곡 메들리라니. 나 여기에 눕는다.

ㄴ관전 포인트가 두 개나 있네. 탑보이즈 무대 다시보기에, 상준 프로듀싱 그룹까지. 벌써 기대된다.

ㄴ시청률 폭발할 듯

첫 데뷔 무대에 탑보이즈의 지원 출격까지.

벌써부터 기사가 쏟아지고 있었다.

특히 대중들이 가장 기대하고 있는 것은, 탑보이즈의 컴백 무대.

탑보이즈의 명곡들로 후배 가수 두 팀이 공연을 선보일 예정이었지만, 탑보이즈의 무대 역시 빠질 수가 없다.

그래서 모였다. 감이 다소 떨어진 상태로.

"아, 힘들다."

도영은 자리에서 휘청이며 벽에 기댔다.

JS 엔터의 텅 빈 복도. 내리 세 시간을 연습하고 났더니 체력이 이미 바닥이 난 상태다. 잠시 쉬려고 계단에 나와 앉았다.

"어우, 숨이 찬다."

"다들 왜 벌써 죽으려고 하냐."

선우는 숨을 헐떡이며 손을 내저었다. 그나마 쌩쌩한 것은 열정 만렙 상준과 비교적 어린 제현뿐. 제현은 계단을 손으로 가리키며 선우에게 말을 걸었다.

"여기서 맨날 몰래 뭐 시켜 먹었던 거 기억나?"

기억난다.

선우는 웃음을 터뜨리며 격하게 공감했다.

항상 CCTV가 없는 복도 쪽에서 치킨에 족발까지 몰래 먹느라 정신이 없었는데. 심지어 조승현에게 걸렸던 적도 여러 번이었고.

참으로 스릴 넘쳤던 경험이었다.

"지금은 혼낼 사람이 없잖아."

"크, JS 엔터의 지선우 이사님!"

짝짝짝.

도영은 호들갑을 떨며 박수를 치기 시작했다.

JS 엔터를 국내 최고의 엔터로 키워놓은 탑보이즈.

선우는 JS 엔터의 이사 자리까지 올라갔다.

유찬은 깔깔대며 말을 얹었다.

"출세했네."

"뭐라는 거야."

선우는 어이가 없다는 듯 혀를 내둘렀다.

"쓸데없는 말 할 거면 다시 연습하자."

"슬슬 들어가야지."

내 집보다 익숙했던 JS 엔터의 연습실.

상준은 다시 자리를 잡고선 싱긋 웃었다.

힘들다고 줄곧 투정을 부리던 멤버들이었지만 음악 앞에서는 누구보다 진지해진다.

"이렇게 서 있으니까 마이픽 나가던 때 같다."

상준은 정면의 거울을 똑바로 응시한 채 웃었다.

노래가 시작하자마자, 빠르게 동선을 맞추는 멤버들.

"와아아! 하나, 둘, 셋! 도영이 들어가고!"

"오케이!"

변한 건 하나도 없다.

저마다 미소가 입가에 걸린 채 신나게 춤을 춘다.

프로듀싱도 좋았지만.

'확실히 행복하네.'

다시 무대에 설 생각을 하니, 마냥 설레기만 하다.

상준은 앞으로 튀어나오며 나직이 외쳤다.

화려한 컴백 무대를 기다리면서.

"탑보이즈 파이팅!"

* * *

지난 며칠간 화제로 뜨겁게 달아올랐던 명반 리플레이.

대망의 촬영 날이 밝았다.

은은하게 깔린 푸른빛 조명.

그 아래에서 천천히 걸어온 것은 고정 MC, 차은수였다.

"안녕하세요, 여러분."

"와아아아악!"

"꺄아아아!"

방청객의 텐션부터 다르다.

오늘 이 무대를 보러 오기 위해 경쟁률이 어느 정도였다고 했나.

중간에 SBC 홈페이지가 터졌던 것은 확실히 기억이 난다.

차은수는 만족스러운 미소를 고개를 끄덕이고선 대본을 한 손에 들었다. 드디어 오늘의 전설을 소개할 차례다.

"오늘 명반 리플레이를 찾은 가수… 과연 누구일까요?"

"와아아아악!"

"그 시절, 추억의 가수."

이에 상준이 불쑥 말을 던졌다.

"저희 아직 현역이에요. 그러지 마세요."

"푸흡."

관객석에서 웃음이 터져 나온다.

그러거나 말거나. 탑보이즈는 제법 진지했다.

추억의 가수라니.

너무 옛날 사람 같다고.

"네. 쌩쌩한 추억의 가수. 소개하도록 하겠습니다."

"꺄아아아!"

"다시 화려하게 컴백한 가수, 탑보이즈입니다!"

환호성과 함께 걸어 나오는 탑보이즈.

관객석에 앉아 있던 이들이 저도 모르게 벌떡 일어났다.

"와아악! 어떡해!"

"탑보이즈! 탑보이즈! 탑보이즈!"

탑보이즈가 냈던 모든 앨범이 명반이었다.

그만큼 그들을 기다렸던 팬들이 많았다.

여전한 인기를 증명하게 하는 뜨거운 함성 소리.

새삼 무대에 돌아온 게 실감이 난다.

상준은 손을 흔들며 행복하게 웃었다.

"감사합니다."

* * *

응원 봉을 꺼내서 흔들기 시작하는 팬들.

흡사 콘서트장을 보는 기분이다.

차은수는 그런 팬들을 진정시키며 다음 멘트를 이어갔다.

"탑보이즈 무대를 커버해 줄 가수 두 팀을 소개하겠습니다!"

"와아아!"

"온탑엔터의 떠오르는 신성, 클라우드!"

그리고, 데뷔 1년 차의 신인 스트릿어스까지.

관객들은 박수를 치며 신인 두 팀을 환호했다.

상준은 클라우드의 어깨를 토닥이고는 원래의 자리로 향했다.

"오늘 무대 기대되죠?"

차은수의 진행에 탑보이즈는 동시에 고개를 끄덕였다.

도영은 마이크를 잡고선 입을 열었다.

"새삼 신기하기도 하고, 설레기도 하네요."

"웬일로 멀쩡하게 말하시네요."

이 자리에서조차 투닥거리는 은수와 도영.

관객들은 입을 가린 채 정신없이 웃었다.

"바로 시작하도록 하죠."

은수는 헛기침을 하고선 관객석으로 고개를 돌렸다.

먼저 보게 될 무대는 클라우드의 데뷔 무대.

예능프로로 대중들에게 첫 눈도장을 찍게 될 클라우드가 뒤편에 서 있었다.

상준 역시 은근히 긴장한 눈빛.

"클라우드의 커버 무대, 시작합니다!"

은수의 우렁찬 한마디와 함께 무대가 시작됐다.

연습실에서의 모습과는 달리, 제법 자신감 넘치는 얼굴로 나온 클라우드. 상준은 흥미진진한 눈길로 그들을 바라보았다.

두두둥.

드럼 비트와 함께 시작한 익숙한 반주.

상준은 곧바로 곡의 정체를 눈치챘다.

"이 곡으로 했구나."

이 곡으로 나올 줄은 상준조차 모르고 있었다.

월드컵 당시에 응원가로 쓰였던 「WAY TO GO」.

그 넓은 잔디밭을 휘저으며 뛰어다니던 때가 엊그제 같다.

이제는 이 무대를 후배들이 자신들을 위해 선보이고 있다니.

"감격이다."

"너도 그래?"

선우는 웃으며 고개를 끄덕였다.

아직까지도 사랑을 받고 있다는 것은, 마냥 감사해야 할 일이었다.

이렇게 시간이 흘러도 자신들을 노래를 기억해 주는 이들이 있으니까.

조금 늦어도 괜찮아
할 수 있을 거라는 그 한마디가
지금 이 땅에 울려

듣기만 해도 가슴이 벅차오르는 노래.

클라우드는 그때의 설렘을 그대로 재현해 내고 있었다.

관객석의 팬들이 두 손을 모은 채 이들의 무대를 지켜보고 있다.

WAY TO GO
WAY TO GO
우리는 하나가 되어 외쳐

신인다운 열정이 돋보이는 무대다.

유찬은 의자를 뒤로 젖히고선 도영에게 말을 걸었다.

"잘하지?"

"이야, 장난 아니다."

흠잡을 데가 없었다.

열정도 그렇고, 파워도 그렇고.

실수하지 않으려 얼마나 연습했을까. 원곡자의 앞에서 이 곡을 보여준다는 것이 상당한 부담이었을 텐데도, 제법 잘해냈다.

무대 뒤편의 송준희 매니저는 작게 중얼거렸다.

"잘될 거 같은데, 이 친구들."

WAY TO GO

WAY TO GO

이 뜨거운 열기를 하나로 모아

MC로 옆에서 지켜보고 있는 은수도 같은 감정이었다.

몇 년 내로 저 친구들을 세계 무대에서 볼 수 있지 않을까.

탑보이즈가 그랬듯이, 블랙빈이 그랬듯이.

훌륭하게 솟아오를 신인의 첫 번째 무대를 직관하는 기분.

"와아아악!"

듣기 좋은 환호성 속에서, 클라우드의 데뷔 무대가 막을 내렸다.

*　　　*　　　*

클라우드의 다음 무대는 스트릿어스.

「EIFFEL」을 선곡한 스트릿어스는 클라우드와는 다른 스타일로 탑보이즈의 무대를 해석했다.

신인답게 영혼을 쏟아부은 무대를 선보였다.

"와."

"애들 잘한다."

승패를 가를 것 없이 두 무대 모두 완벽했다.

탑보이즈에겐 감사한 선물 같았던 무대였으니까.

덕분에 많은 힘도 얻었고.

그리고, 이제 가장 중요한 무대가 남았다.

이 자리의 모든 방청객들을 목이 빠져라 기다리게 만들었던 무대.

상준은 웃으며 팬들을 향해 눈짓했다.

"꺄아아아!"

바로 원곡 가수 탑보이즈의 메들리 무대였다. 귓가를 찢어놓을 듯한 환호성은, 조명이 꺼지자 이내 적막으로 바뀌었다.

"……."

그것도 잠시.

익숙한 기타 소리가 흘러나오자, 곳곳에서 탄성이 튀어나온다.

탑보이즈의 데뷔곡 「모닝콜」.

팬들은 이 전주를 들을 때마다 심장이 뛴다고 했다.

도입부의 목소리가 너무도 좋았으니까.

내 얘기를 들어볼래

I wanna hear your voice

아침을 깨우는 story

수없이 기다려 왔던 감미로운 보컬에 팬들은 울컥한 심정을 달랬다. 기억했던 그 모습 그대로 돌아왔다. 상준은 감사한 마음으로 팬들을 향해 손을 흔들었다.

기다리고 있었지만
참을 수 없었어
I wanna hear your voice
오늘도 하루를 기분 좋게 시작해

수많은 팬들의 모닝콜이 되었던 데뷔곡 「모닝콜」.
야광봉을 흔들며, 팬들은 추억에 잠겼다.
"…좋다."
하지만, 추억 여행은 거기서 끝나지 않았다.
첫 번째 무대가 끝남과 동시에, 곧바로 다음 곡이 흘러나왔다.
많은 사랑을 받았던 노래, 「EIFFEL」.
"꺄아아아!"
탑보이즈는 웃으며 몸에 익은 퍼포먼스를 선보였다.
'이게 되네.'
감이 떨어졌으면 어떡하나, 걱정을 많이 했다.
하지만, 오랜만에 다시 선 무대는 그때처럼 마냥 행복했다.

빛이 보였어
그곳에 함께해 줘
Dream the top
나도 올라설 수 있을까

그 뒤에는 온탑들이 좋아하는 명곡이라는 「ON TOP」까지.

쉴 틈 없이 계속되는 무대에 숨이 벅차면서도 보컬은 전혀 흔들리지 않았다.

누군가가 수없이 꿈꿔온 일이잖아
저 위로 올라서
We are on top
찬란한 빛을 향해 걸어

한 명씩 당당하게 걸어 나오는 탑보이즈.
조명에 비추는 다섯 얼굴은 오늘도 환하게 빛나고 있었다.
웸블리 스타디움 무대를 뛰어다녔던 그 순간을 기억하며.
상준은 허공을 향해 손을 치켜들었다.

We are top

"와아아아악!"
끊이질 않는 기립 박수 소리.
인 이어 틈새로 들어오는 환호성을 들으며, 탑보이즈는 확신할 수 있었다.
오늘 이 무대를 반환점 삼아 다시 나아가야겠다는 생각을.
그리고, 그 어느 곳보다.
자신들이 있을 곳은 무대 위라는 사실을.

*　*　*

언제 돌아와도 자신을 반겨주는 재능 서고.
펄럭이는 책들이 상준의 뺨을 스치고 날아 올라갔다.
상준은 기분 좋게 웃으며 휴대전화를 꺼냈다.

「탑보이즈, 다시 한번 날아오르다. 명반 리플레이 뜨거운 환호성」
「탑보이즈 'ON TOP' 차트 1위 역주행, 명곡들 나란히 차트 인」
「빌보드의 전설, 탑보이즈. '신곡으로 찾아뵙겠다'」

기사들은 온통 탑보이즈의 얘기들로 가득했다.
어제의 무대는 확실히 상준에게도 느낄 점이 많았던 무대였다.
무엇보다 자신을 기다려 주는 팬들이 이렇게 많다는 사실에 놀랐고, 예능과 연기 활동을 꾸준히 해왔지만 가수로서의 탑보이즈를 원하는 사람들이 많다는 것을 새삼 실감할 수 있었다.
댓글은 이미 난리가 나 있었다.

—탑보이즈 돌아와 줘서 고마워 ㅠㅠ
ㄴ다시 빌보드 정상 찍자!!!
ㄴㅇㅈㅇㅈ
ㄴ솔직히 앨범만 내면 바로 올라갈듯
ㄴ해외 팬들도 무대 보고 난리 났던데
ㄴ시청률 순식간에 두 배로 뛴 거 실화냐
—어제 무대 한 줄 감상을 남겨본다. 탑보이즈는 역시 탑보이즈다.
ㄴ이거지 ㅋㅋㅋㅋㅋㅋㅋㅋ

ㄴ탑보이즈를 대체할 아이돌이 후에 나올까

ㄴ이건 맞다

ㄴ클라우드 애들도 잘하더라. 기대됨

ㄴ탑보이즈처럼 멋있게 성장해 줬음 좋겠다

ㄴ그러게요 ㅠㅠ

—다음 앨범 기다린다. 빨리 돌아오자.

ㄴ존—버

ㄴ무한 존버지 이건 ㅠㅠ

ㄴ청량 컨셉으로 한 번만 더!! 나 드러누웠음 이미

ㄴJS 엔터는 보아라!!!

ㄴ어서 앨범을 내줘 ㅠㅠ

ㄴ통장을 다 털어서 사겠습니다!!!

ㄴ저도

ㄴ이건 ㅇㅈ이지

다음 앨범을 기다리는 팬들의 댓글.

상준은 흐뭇한 미소를 지으며 날아다니는 책 한 권을 낚아챘다.

익숙한 책이 상준의 시야에 들어왔다.

「1만 시간의 법칙」.

"이게… 여기 있었네."

재능 서고를 열게 해준 열쇠로, 상준에겐 더할 나위 없이 소중한 책이었다. 다시 열심히 달려보겠다는 마음가짐으로, 상준은 두툼한 남색 책을 챙겼다.

가방에 넣고 들고 다니면 힘을 얻을 수 있을 것 같아서.

"슬슬 나가볼까."
위이잉—.
거울이 일그러지며 상준을 다시 토해낸다.
상준은 널찍한 집을 천천히 둘러보며 휴대전화를 집었다.
부재중전화가 상단에 떠 있었다. 탑보이즈의 선우였다.
"어, 선우야."
상준이 전화를 걸자마자 수화기 너머로 말소리가 들려온다.
—잠, 잠시만. 나 전화 중!
JS 엔터에서 바쁘게 업무를 보고 있었던 모양.
상준은 피식 웃으며 선우의 말을 기다렸다.
다짜고짜 한마디가 돌아온다.
—알지?
"뭐를?"
—내일 봉사.
아, 상준은 고개를 끄덕이며 달력을 확인했다.
맏형 라인인 상준과 선우가 주기적으로 찾는 곳이 있었다.
바로 전국 곳곳의 아동 병원.
어린 환우들의 마음을 음악을 녹이기 위해서 꾸준히 찾으며 노래를 불러주고 있었다. 정말 아이들에게 도움이 될지는 모르겠지만, 할 수 있는 걸 해야겠다는 마음이었다.
괜히 어릴 적의 상운이 생각나서일까. 바쁜 시간을 내서라도 꾸준히 찾아갈 수밖에 없었다.
애들이 자꾸 눈에 밟혀서. 혹여 음악을 좋아하는 친구가 있다면.
단 한 명이라도 그 꿈을 포기하지 않길 바라는 마음으로.

돌아올 때마다 늘 마음 한편이 따뜻해졌던 봉사다.

상준은 미소를 지으며 전화기를 붙들었다.

"그래, 내일 보자."

*　　　*　　　*

"어어, 지선우!"

"벌써 왔어?"

선우는 상준이 부르는 소리에 뒤를 돌았다.

이른 아침부터 뭔가 많이 싸 들고 왔다.

상준은 선우의 양손에 들린 가방을 보곤 의아한 눈빛이 되었다.

"뭐야, 그게 다?"

"너는 뭐 준비했는데?"

"피아노……?"

피아노야 거기 있다고 했으니, 준비한 것은 악보뿐이다.

하지만, 선우를 보아하니 이 친구, 준비한 게 따로 있는 거 같은데.

주섬주섬.

상준의 눈짓에 선우는 가방에서 화려한 종이를 꺼냈다.

"색깔이 바뀌는 건데, 잘 봐봐."

"어엉. 마술이야?"

"애들 좋아할 거 같아서."

가만 보면 참 섬세하다니깐.

상준은 생글거리며 선우의 마술쇼를 지켜보았다.

잔뜩 기대감을 안고 선우의 마술을 기다린 상준.

그런데.

"…뭐냐?"

후다닥.

짜잔 하고 보여줘야 할 마술인데, 자꾸 손이 빠르게 움직인다.

"동작 그만. 혹시 밑장 빼기……."

"그거 아냐!"

이 어설픔은 대체 뭘까.

상준은 한숨을 내쉬며 단호히 고개를 저었다.

선우는 영문을 모르겠다는 얼굴로 어깨를 으쓱였다.

"왜? 잘하잖아."

"다 보인다."

뒤에서 종이 바꿔 치는 게 너무 잘 보여서 놀라울 지경이다.

애들이 저걸 모를 리가.

요즘 애들이 얼마나 눈치가 빠른데.

상준의 지적에 선우는 시무룩한 얼굴로 작게 중얼거렸다.

"아, 이거 아닌가?"

"그냥 가서 랩 해주자."

"예아, 아임 지선우!"

급기야 비트박스까지.

그걸 길거리에서 하고 있다.

상준은 갑자기 낯이 뜨거워지는 걸 느꼈다.

힐끗힐끗.

아까부터 사람들이 이쪽을 쳐다보는 것 같기도 하고.

"모, 모르는 사람입니다."

상준은 두 눈을 손으로 가린 채 빠르게 선우의 옆을 빠져나왔다.

"같이 가! 나상준!"

"……."

"야!"

*　　　*　　　*

소아과의 병동.

연한 하늘색 비니를 쓰고 있는 남자아이는 아침부터 기분이 좋아 보이지 않았다. 간호사들은 아이에겐 들리지 않을 작은 목소리로 속삭였다.

"우진이가 밥을 또 안 먹겠대요."

"그래요?"

"네, 어제는 내리 토하고……."

지금도 숟가락에는 손조차 대지 않고 있다.

까다로운 입맛에, 몸이 아프니 늘 투정이다.

소아 병동에선 꽤나 유명한 친구였다.

서우진.

보다 못한 간호사 한 명이 우진에게 다가가 말을 걸었다.

"뭐 해? 그림 그릴까?"

이미 다 그려놨다.

간호사는 우진의 스케치북 속 피아노를 물끄러미 내려다보았다.

아이치곤 제법 섬세하게 그리긴 했지만…….

고집이 여간 센 게 아니다.

"우진이 가족 그리기 할래?"

"싫어요."

"그러면 집은? 집 한번 그려볼까?"

맨날 피아노랑 기타만 그리고 있다.

그래 놓고 따분하다고 하니.

차라리 다른 걸 그려보면 어떨까 제안한 거였지만 단번에 거절당했다.

도리도리, 서우진은 고개를 저으며 한숨을 내쉬었다.

"재미없어, 다."

아이가 긍정적인 마음을 먹어야 빨리 나을 텐데.

매일 죽을상을 하고 앉아 있으니 걱정이 될 수밖에 없다.

간호사는 안타까운 눈길로 우진을 바라보며 고민했다.

악기를 좋아하는 거 봐선 음악도 좋아할 거 같은데.

이 애가 관심을 보일 만한 게 뭐가 있을까.

"우진이 음악 좋아하지?"

"안 좋아하는데요."

"이따가 공연할 거래. 1층에서. 재밌겠지?"

공연. 두 글자에 저도 모르게 잠시 눈을 반짝인 우진이다.

하지만, 금세 심드렁해졌다.

"안 보러 갈 거야."

한창 말을 듣지 않을 나이, 일곱 살이다.

괜히 심통이 나서는 안 가겠다고 버티고 있으니.

간호사는 어깨를 으쓱이며 뒤로 물러났다.

"그래, 안 가도 돼. 이번에 누가 왔다고 했지?"

"탑보이즈요."

"와, 나는 싸인 받으러 가야겠다."

탑보이즈라니.

우진은 또 어른들의 수작이라고 생각하며 인상을 찌푸렸다.

"탑보이즈가 여길 왜 와요!"

"아냐, 진짜 온댔는데?"

"말도 안 되는 소리."

칫, 그렇게 말하면 믿을 줄 알고.

우진은 신경질적으로 스케치북을 덮고선 중얼거렸다.

그때였다.

"꺄아아아악!"

"탑보이즈다, 탑보이즈!"

"헐, 상준이랑 선우 아니야?"

"와, 대박."

"가자아아!"

열린 창문 틈으로 쏟아지는 함성 소리.

우진은 누웠던 몸을 벌떡 일으켰다.

"뭐야."

반응을 봐선 이건 진짜다.

두 눈을 끔뻑이며 천천히 일어난 우진.

간호사가 웃으며 불쑥 말을 던졌다.

"갈 거지?"

망설일 이유조차 없었다.

*　　　*　　　*

"꺄아아아악!"

"미쳤다, 미쳤어."

원래는 소박하게 아이들 앞에서 공연을 펼치려고 했는데 인파가 장난 아니다. 병원 관계자가 모두 여기에 모인 기분.

아이들에게선 몇 걸음 떨어진 채, 다들 이쪽을 보고 있었다.

어차피 완전체 멤버들이 다 온 건 아니니, 춤을 여기서 출 수는 없고. 선우는 준비해 온 마술을 열심히 보여주고 있었다.

"대박이지?"

"……."

반응은 영 떨떠름했다.

뒤에서 지켜보던 우진이 심드렁한 얼굴로 답했다.

"다 보여요."

"아, 그래?"

시무룩.

선우는 고개를 숙이며 상준의 눈치를 살폈다.

상준은 그럴 줄 알았다는 듯이 혀를 내둘렀다.

"봐봐, 다 보인다니깐."

거기서 굴하지 않는다. 선우는 급기야 카드 마술까지 시도하려다가 상준에게 목덜미가 잡혔다.

"자, 카드가 바꼈지?"

"손으로 바꿨어요!"

"제발, 그만해. 제발!"

결론은 가수답게 음악으로 승부하기로 했다.

기타를 들고 온 선우가 부드럽게 줄을 튕겼다.

괜히 감성 래퍼라는 소리가 붙은 게 아니다.

"와아아……."

선우의 몇 소절에 아이들은 두 눈을 초롱초롱하게 떴다.

가수의 무대를 이렇게 가까이서 보는 것은 처음이다.

그것도 빌보드까지 석권하며 온 세계를 떠들썩하게 만들었던 두 톱스타의 무대를.

"대박."

선우의 랩에 상준이 노래를 얹는다.

콧노래를 흥얼거리는 어린애들부터, 노래를 따라 부르는 친구들까지.

아까까지 줄곧 화나 있었던 우진의 얼굴에도 화색이 돌았다.

'가수.'

지금도 충분히 어리긴 하지만.

더 어릴 적에는 비슷한 꿈을 꿨었던 것 같다.

악기를 손으로 만지는 게 좋았고, 노래를 부르는 게 좋았다.

그러다가 문득 곡을 만들고 싶어졌다.

이 세상 누구나 따라 부를 수 있는 유명한 곡이 아니라, 하나뿐인 자신의 노래를.

그리고, 그 노래를 세상에 알리고 싶었다.

하루에도 몇 시간씩 기타만 붙잡고 있었고.

어린 나이에 박힌 굳은살에도 쉬려고 하질 않았다.

그렇게 멋진 아티스트가 되고 싶었다.

갑자기 찾아온 병만 아니었다면…….

상준의 시선이 우진에게 향했다.

자신을 향해 반짝이는 눈빛.

그 눈빛의 동경의 시선처럼 느껴져 괜히 흐뭇했다.

간호사 선생님이 다가와 탑보이즈에게 말을 걸었다.

"노래 너무 좋았는데, 혹시 애들한테 질문 받아주실 수 있어요?"

"물론이죠."

병원들을 돌아다니면서 느끼는 거지만.

소아 병동에는 가수가 되고 싶어 하는 친구들이 생각보다 많았다.

밖을 마음대로 뛰어다닐 수가 없는 처지.

안에만 있다 보니 보게 되는 건 TV뿐이다.

그 속에서 자유롭게 뛰어다니는 가수들.

무대 위에서 화려하게 빛나는 그들을 동경하게 될 수밖에 없었다.

여기도 상황은 비슷했다.

"가수 되고 싶은 사람 있어요?"

"저요! 저요!"

상준의 말이 끝나기 무섭게 호기심 가득한 아이들이 질문을 던지기 시작했다.

앞자리에 앉은 여자아이는 똘망똘망한 눈빛으로 상준에게 물어왔다.

"가수 되려면 뭐 해야 해요?"

"가수가 되려면……."

탑보이즈로 이 자리에 서기까지 뭘 했더라.

매일같이 쏟아지는 월말 평가의 압박에, 마이픽 오디션을 견뎌내고 간신히 데뷔했다.

그 이후에는 견제하는 선후배들을 제치고, 예능프로의 악편에…….

아, 잠깐만.

자라나는 새싹들에게 이런 말을 해줄 수는 없다.

상준은 고르고 골라 예쁜 말을 꺼냈다.

지금 이 친구들에게 필요한 건 용기니까.

"행복하게 노래 부르는 법을 배워야 해요."

"행복하게?"

"그래야 듣는 사람도 행복하니까."

노래를 부르면서 느낀 거지만.

공인은 필연적으로 만들어진 이미지로 살아갈 수밖에 없다.

힘든 일이 있다고 해서 스크린 앞에서 마냥 울고 있을 수는 없으니까.

내 자신이 행복해야 듣는 사람이 행복하니까.

그래서일까.

상준은 노래를 부를 때 환하게 웃으면서 불렀다.

상운이 쓰러져 있는 동안에도.

막막해서 어떻게 헤쳐 나가야 할지 몰라 동동거리던 순간에도.

그 웃음으로 버텨왔고, 정상에 올랐다.

"그러니까 친구들도 행복하게 버텼으면 좋겠어요."

"네에!"

상준이 무슨 소리를 하는 건지 이해하지 못한 눈치지만, 다들 소리를 높여 해맑게 대답했다. 오직 우진만이 뒤에서 머리를 긁적이고 있었다.

"…뭐라는 거야."

그 뒤로도 질문은 이어졌다.
“노래 부를 때 무슨 생각해요?”
“첫사랑! 첫사랑! 첫사랑!”
요즘 애들 참 무섭다.
상준은 두 눈을 끔뻑이며 손을 내저었다.
“에이, 그거 아니에요.”
“왜요?”
“아이돌은 그런 거 몰라요.”
“그런 게 어딨어요!”
와중에도 프로 아이돌의 자태를 잃지 않는 상준.
선우는 상준의 능청스러움에 연신 웃음을 터뜨렸다.
“사진 찍을까?”
“와아아악!”
짧은 시간에 아이들의 마음을 홀라당 뺏어놓은 상준과 선우.
뒤에 서 있던 간호사들은 놀란 얼굴이 되었다.
아침까지 투정을 부리던 친구들이 지금은 저렇게 환하게 웃고 있다.
딱 한 사람빼고.
“우진이는 여전히 기분이 안 좋아 보이는데요.”
우진은 두 손을 꼼지락거리며 퉁명스레 말을 뱉었다.
아니, 빌보드 톱가수를 데려와 놓고.
난데없는 첫사랑 얘기에 이제는 사진 촬영이라니.
이건 아티스트에 대한 모독이라고.
“아, 질문이 너무 수준 낮아.”
방방.

발을 구르고 있던 우진은 갑자기 손을 들었다.
이런 시답잖은 말장난을 할 시간에 보고 싶은 게 따로 있어서였다.
"어?"
우진의 모습을 본 상준이 놀란 눈을 떴다.
"왜 그래요?"
창백한 얼굴에도 반짝이는 묘한 눈빛.
아까부터 줄곧 기다리고 있던 우진은 담담한 목소리로 입을 뗐다.
"피아노 쳐주세요."
어차피 다음 차례가 피아노이긴 했는데.
아이의 솔직한 한마디에 상준은 웃었다.
"보고 싶어요."

*　　*　　*

적막이 감도는 간이 공연장.
아이들은 두 손을 모은 채 상준의 연주를 기다리고 있었다.
상준은 조심스레 두 손을 피아노 위에 올렸다.
「악기의 마에스트로」.
상준의 두 손이 미끄러지듯 건반 위를 훑었다.
통통 튀는 멜로디가 아이들의 가슴속을 울린다.
우진은 감격에 찬 미소를 지으며 상준을 올려다보았다.
우진이 꿈에 그리던 연주.
그 모습 그대로다.
"에펠인가……."

피아노로 들어도 어찌나 좋은지.
사람의 마음을 움직이게 만드는 매력이 있었다.
드럼이 없어도, 기타가 없어도.
오직 이 피아노 선율만으로도 누군가의 인생을 바꾸어놓을 수 있을 거 같다.
이렇게 아름다운 멜로디를 들어본 적이 있었던가.
툴툴대던 우진은 어느덧 환하게 웃고 있었다.

'행복하게 노래 부르는 법을 배워야 해요.'
'그래야 듣는 사람도 행복하니까.'

아까는 무슨 헛소리인가 했는데.
이제는 알 거 같다, 그 말을.
「EIFFEL」을 연주하는 상준의 주위가 환하게 빛나는 기분이었다.
"여기까지."
디리링―.
마지막 음까지 혼을 기울인 상준의 연주가 끝나고.
박수 소리 사이로 우진이 벌떡 일어났다.
"어땠어요?"
"대박. 아니, 그 말로도 표현이 안 되는데."
우진은 잔뜩 흥분한 얼굴로 말을 쏟아냈다.
"빛나는 거 같았어요. 하늘에서 내려온 것처럼."
"땅에서 자라났는데."
"네?"

"농담이에요, 농담."

상준은 웃으며 우진을 흐뭇하게 바라보았다.

눈을 보니까 알겠다. 이 아이가 얼마나 음악을 사랑하는지.

그때였다, 우진의 시선이 피아노 옆으로 향했다.

"저건 뭐예요?"

"어떤 거?"

상준은 웃으며 우진을 따라 시선을 돌렸다.

원래는 악보를 세워두어야 하는 곳에 덩그러니 놓여 있는 책 한 권.

그 책의 정체를 확인한 상준의 얼굴이 새하얗게 질렸다.

"1만 시간의 법칙……?"

그 문구가 박혀 있는 남색의 책 한권.

분명 꺼낸 적이 없는데…….

왜 여기 있지? 아니, 그보다 더 중요한 건.

"너, 이게 보여?"

상준은 기겁하며 우진에게 물었다.

* * *

끄덕끄덕.

총명한 눈빛으로 자신을 올려다보는 우진.

상준은 다시 되물었다.

"어……. 이게 정말 보인다고?"

"보이죠, 그러면."

상준은 쉽사리 진정되지 않는 호흡을 가라앉히려 노력했다.

연예계 바닥을 돌아다니며 책을 꺼낸 것이 한두 번은 아니었다.
그 누구도 보지 못했던 책이다.
그런데.
쿵쿵.
운명처럼 심장이 뛰기 시작한다.
여기서의 만남은 필연일까. 너는 왜 이 책을 볼 수 있는 걸까.
「1만 시간의 법칙」.
상준에게 기회를 줬던 그 책이 다시 환하게 빛나고 있었다.
그 영롱한 자태는 오직 상준과 우진만 볼 수 있었다.
곁에 있는 사람들은 이해할 수 없는 대화.
상준은 미소를 지으며 우진을 내려다보았다.
느낄 수 있었다. 이 아이라면 분명 이 책으로 더 좋은 인생을 만들어낼 수 있을 거라고.
이 책을 볼 수 있다는 것부터.
그건 이 아이의 정해진 운명이나 다름없으니까.
상준은 우진의 머리를 천천히 쓰다듬었다.
"갖고 싶어?"
"저, 주는 거예요?"
우진은 별생각 없이 눈을 반짝였다.
이렇게 멋있는 연주를 하는 사람이 주는 책이라니.
단지 그런 이유로 좋아하는 우진이었다.
상준은 웃으며 우진을 똑바로 응시했다.
"그러엄. 너 가지고 싶으면 가져."
"그러면 저 가질래요."

아이의 순수한 미소가 창틈의 햇살에 밝게 빛난다.
상준은 조심스레 「1만 시간의 법칙」을 손에 쥐었다.
어쩌면 한 아이의 인생을 바꿀 수 있는 기회.

[재능 서고의 이용자가 추가되었습니다.]

띠링—.
눈에 익은 알람과 함께.
상준은 눈높이를 맞춘 채, 우진에게 책을 건넸다.
눈부신 미소가 상준에게 닿았다.
하고 싶은 말은 오직 이 한마디뿐이었다.
많은 걸 바라지 않는다.
이 재능을 어디에 쓸지도, 어떤 음악을 할지도.
그건 앞으로 이 아이가 헤쳐 나가야 할 몫이니까.
하지만, 굳이 바라는 게 있다면.
"멋있는 아티스트가 되어줘."
두 천재의 손이 허공에서 맞닿았다.

『탑스타의 재능 서고』 完.